학교괴담
도서관의 유령

학교괴담 도서관의 유령

초판 1쇄 2024년 8월 10일

글쓴이 | 정명섭 김여진 홍정기
펴낸곳 | 도서출판 단비
펴낸이 | 김준연
편 집 | 최유정
디자인 | 김선미
등 록 | 2003년 3월 24일(제2012-000149호)
주 소 | 경기도 고양시 일산서구 고양대로 724-17, 304동 2503호(일산동, 산들마을)
전 화 | 02-322-0268
팩 스 | 02-322-0271
전자우편 | rainwelcome@hanmail.net

ISBN 979-11-6350-121-3   43810

값 13,000원

정명섭
김여진
홍정기

학교괴담
도서관의 유령

단비 danbi

차례

도서관의
유령

30년 전,

교장 선생님이 퇴근하자 다들 바람처럼 교무실을 빠져나가고 당직인 체육 선생님만 남았다. 교무실의 TV로 차인표와 신애라가 나오는 드라마《사랑을 그대 품 안에》를 보면서 배달시킨 중국 음식으로 저녁을 먹었다. 뉴스에서는 한창 달아오른 공안 정국에 대한 소식과 함께 압구정동에 등장한 신세대인 오렌지족에 대한 얘기를 다뤘다. 숨겨 둔 소주를 한잔 마신 체육 선생님이 투덜거렸다. 지어진 지 10년 정도밖에 안 된 학교라 시설은 좋은 편이어서 교무실에 TV도 설치되어 있었다. 반대로 당직을 돌기에는 너무 크기가 컸다.

"이놈의 당직은 진짜 해도 해도 싫어."

식사를 마친 체육 선생님은 잠깐 쉰 다음에 랜턴을 들고 학교를 순찰했다. 당직은 가장 싫어하는 일이긴 하지만 학교에 붙어 있으려면 어쩔 수 없었다. 빨간색 랜턴에 호루라기를 목에 건 체육 선생님은 교무실을 나왔다. 그리고 불이 꺼진 복도를 천천히 걸었다. 행정실부터 하나하나 들어가서 내부를 살폈다. 다행히 1층에서는 별다른 이상한 점이 없었다. 한숨을 돌린 체육 선생님은 복도 끝에 있는 계단으로 2층에 올라갔다. 교무실과 행정실이 있는 1층과는 달리 2층은 모두 교실과 도서관뿐이었다.

"1학년 3반, 1학년 4반, 1학년 5반."

체육 선생님은 랜턴으로 교실의 팻말을 하나씩 비춰 가면서 중얼거렸다. 무서움을 쫓기 위해서였는데 이유는 2층 제일 끝에 있는 도서실 때문이었다. 최근에 귀신이 보이는 것 같다는 다른 선생님들의 얘기를 들은 탓이다. 독실한 기독교도인 교장 선생님은 세상에 귀신 따위는 없다고 손사래를 쳤다. 하지만 같이 당직을 서면서 확인해 보자는 선생님들의 요청은 거절했다.

살짝 겁이 난 체육 선생님은 대학교 때 전공한 유도의 메치기 동작을 해 보고 허리에 차고 있던 열쇠 꾸러미를 손가락에 걸고 빙빙 돌리기도 했다. 하지만 두려움은 좀처럼 사라지지 않았다. 결국 도서관 앞에 도착했을 때는 들어갈 용기가 나지 않았다.

"그냥 넘어갈까?"

당직자는 모든 교실과 사무실을 들어가서 살펴봐야만 했다. 도서관도 예외는 아니었기 때문에 들어가 봐야만 했다. 열쇠 꾸러미에서 도서관 열쇠를 찾은 체육 선생님은 힘겹게 자물쇠를 풀고 안으로 들어갔다. 먹먹한 어둠을 랜턴으로 쓱 살펴본 체육 선생님이 투덜거렸다.

"무슨 놈의 도서관을 이렇게 크게 지어."

학생들이 쓸 교실도 부족한 판국이었지만 교장 선생님은 책을 읽혀야 한다면서 도서관을 크게 만들어 놨다. 서가에는 이런저런 책들이 꽂혀 있었는데 랜턴으로 비추자 마치 삐뚤빼뚤한 이빨처럼 보였다. 아무것도 보이지 않자 살짝 용기가 난 체육 선생님은 안쪽으로 걸어 들어갔다. 여전히 아무것도 없었지만 체육 선생님은 이상한 걸 느꼈다.

"왜 이렇게 추워?"

여름 방학이 코앞인 한여름인데도 불구하고 서늘할 정도의 냉기가 느껴졌다. 뭔가 잘못 돌아가고 있다고 느낀 체육 선생님은 밖으로 나가기로 했다. 하지만 문 앞까지 도달한 그의 귀에 이상한 소리가 들렸다.

"이, 이게 무슨 소리지?"

가만히 서서 소리에 귀를 기울이던 체육 선생님은 고개를 돌렸다.

"저쪽인 거 같은데?"

랜턴으로 비추자 26번이라는 숫자가 적힌 서가가 보였다. 그쪽에서 이상한 소리가 난 것이다. 주저하던 체육 선생님은 뭔가에 이끌리는 것처럼 그곳으로 다가갔다. 겁이 나긴 했지만 호기심을 이기지 못한 것이다. 26번 서가 쪽으로 걸어간 체육 선생님은 서가 사이에 기둥처럼 우뚝 선 그림자를 발견했다.

"헉!"

놀란 체육 선생님은 엉겁결에 랜턴을 떨어뜨리고 말았다. 바닥에 떨어진 랜턴은 데구르르 굴러가다가 중간에 멈췄다. 그리고 그림자 쪽을 비추면서 주인공이 누군지 환하게 밝혀 주었다. 겁에 질려 있지만 체육 선생님은 그림자의 주인공을 곧바로 알아차렸다.

"차, 차광섭?"

이름을 불린 아이는 이 중학교에서 돋보이는 학생이었다. 개교하고 나서 가장 똑똑한 학생이자 서울대 수석은 따 놓은 당상이라고 할 정도로 머리가 좋았다. 그래서 교장 선생님부터 다들 떠받들다시피 했는데 그럼에도 불구하고 광섭이는 거만하거나 으스대지 않았다. 정확하게는 그럴 틈이 없었다. 책을 너무 좋아했으니까 말이다. 며칠 전에는 책을 읽으면서 도로를 걷다가 에스페로에 치일 뻔한 적이 있었다. 그래서 천재이기도 하고 괴짜라는 이미지가 따라붙었다. 체육 선생님 역시 지나치다가 마주치는 광섭이를 보고 그런 생각을 했다. 그런데 한밤중에 도서관에서 마주칠 줄은 꿈에도 생각하지 못했다. 겨우 정신을 차린 체육 선생님이 물었다.

"야, 차광섭! 너 거기서 뭐 해."

그러자 차광섭이 고개를 들어서 체육 선생님을 바라봤다. 눈빛이

참 오묘했는데 탐욕스럽기도 하고 슬프기도 했다. 그때서야 차광섭이 책을 한 권 들고 있는 걸 발견했다. 불도 켜지지 않은 어두운 도서관 안에서 책을 읽고 있었던 것이다. 이상한 눈빛을 반짝거린 차광섭이 띄엄띄엄 말했다.

"선생님. 책이 너무 좋아요."

"아, 아무리 그래도 그렇지 밤중에 이러면 안 되지."

더 크게 화를 내고 싶었지만 교장 선생님이 애지중지하는 학교 최고의 천재에게 그럴 수는 없을 것 같았다. 그러자 이번에는 착 가라앉은 목소리로 얘기했다.

"선생님. 책이 너무 무서워요."

"그게 무슨 소리야? 어서 나와! 나랑 같이 교무실로 가자."

체육 선생님이 말했지만 차광섭은 고개를 저었다.

"책이 저를 놔주지 않아요. 같이 가자고 해요."

"어, 어디로?"

체육 선생님은 차광섭이 점점 희미해지는 것을 느꼈다. 정확하게는 들고 있는 책에 빨려 들어가는 것 같았다. 펼쳐지는 광경이 믿어지지 않은 체육 선생님은 연신 눈을 비볐다. 그 사이에 차광섭은 살려 달라는 말과 함께 책에 빨려 들어갔다. 차광섭을 빨아들인 책은 바닥에 툭 떨어졌다. 순식간에 벌어진 괴이하고 이상한 상황에 체육 선생님은 비명을 지르며 도서관 밖으로 도망쳤다. 체육 선생님이 버리고 간 랜턴은 바닥에 떨어진 책을 비췄는데 펼쳐져 있던 책은 마치 문이 닫히는 것처럼 쿵 소리를 내며 닫혔다. 흔들거리던 랜턴의 빛에 '즐거운 학교생활'이라는 책 제목이 흐릿하게 비쳤다.

30년 후,

"진짜야? 그 괴담이?"

또래보다 키가 크고 얼굴에 여드름 흔적이 남은 성욱이의 물음에 민철이가 손가락을 까닥거리면서 대답했다. 최근 살이 더 찐 민철이는 안경을 뿔테로 바꾸고 머리를 일자로 잘라서 그런지 더 포동포동해 보였다.

"괴담이라니, 전설이지 전설. 레전드."

"그놈의 영어는 좀 안 쓰면 안 됨? 미국 코빼기도 안 가 봤으면서."

사각형 얼굴에 좁은 어깨를 가져서 통조림이라는 별명을 가진 주혁이가 끼어들면서 핀잔을 줬지만 민철이는 물러나지 않았다.

"노 프라블럼."

"파인 땡큐다. 진짜."

주혁이가 어처구니없다는 표정으로 대꾸하자 성욱이가 나서서 분위기가 어색해지는 걸 막았다.

"지금 그게 중요한 게 아니잖아. 민철이 얘기를 좀 더 들어 보자."

주혁이가 참는다는 표정으로 바라보자 민철이가 미국식으로 어깨를 으쓱거렸다. 그리고 입을 열려고 했는데 마침 운동장에서 농구를 하던 아이들이 지르는 소리 때문에 막혀 버리고 말았다. 운동장이 보이는 교문 근처의 벤치는 아이들이 잘 사용하지 않았다. 그래서 자연스럽게 세 아이들의 놀이터였는데 이번에도 학교가 끝나자 자연스럽게 모인 것이다. 한 템포 쉰 민철이가 말했다.

"우리 학교 26회 졸업생한테 들었는데 말이야. 본관 뒤 구관 2층에 라이브러리가 있다고 했거든."

"폐쇄된 구관에 있는 도서관 말이지?"

성욱이의 얘기에 민철이가 고개를 끄덕거렸다.

"어, 거기에 가면 신기한 일이 생긴다고 했어."

"무슨 신기한 일?"

"거기에 있는 책을 한 권 꺼내서 읽으면 시험 성적이 좋아진대."

민철이의 말에 성욱이가 코웃음을 쳤다.

"어떻게? 그 책에 시험 문제라도 나와?"

"맞아. 그 책에 시험 문제가 쫙 나온다고 그랬어."

민철이의 대답에 주혁이가 슬쩍 끼어들었다.

"26회 졸업생이 그래?"

"어, 자기도 그렇게 해서 100점 맞은 적이 여러 번 있다고 했어."

100점이라는 말을 듣자 성욱이와 주혁이는 서로의 얼굴을 바라보며 살짝 좋아했다. 그러다가 주혁이가 정색을 했다.

"그런데 그게 말이 안 되잖아. 어떻게 옛날 책에 앞으로 나올 시험 문제가 적혀 있어."

"그러니까 레전드지. 일어나기 불가능한 일이 벌어지는 걸 바로 레전드라고 하지."

"그것보다는 괴담에 가깝지. 그래도 우리 학교는 오래됐지만 동상 관련 괴담은 없네."

"어쨌든 26회 졸업생이 틀림없는 사실이라고 했어. 자기도 효과를 봤다고 했어."

"그런데 왜 다들 그런 괴담을 몰랐지?"

성욱이의 물음에 민철이가 손가락을 입에 대고 쉿이라고 말하고 덧붙였다.

"진짜 몇몇 아이들한테만 몰래 전해져서 아는 사람이 없었대. 소문이 퍼져서 다들 성적이 잘 나오면 안 되잖아. 그럴 때는 시크릿을 지켜야지."

"그 26회 졸업생이 누군데?"

주혁이의 물음에 민철이가 얼굴을 살짝 일그러뜨리며 대답했다.

"우리 아빠."

아빠라는 말이 나오자 주혁이와 성욱이는 입을 다물었다. 가끔 싸우기는 해도 입학 후에 친구가 되어서 2학년인 지금까지도 내내 뭉쳐 다녔다. 그래서 각자 집안 사정도 잘 알고 있었다. 친구들의 반응을 본 민철이는 그럴 줄 알았다는 듯 차분하게 얘기했다.

"우리 집안 사정이 좀 복잡하잖아."

16

방금 전까지 티격태격했던 주혁이가 살짝 민망한 표정을 지으며 말했다.

"그, 그렇다기보다는."

"괜찮아. 쿨한 세상인데 뭐."

"그런데 아빠랑 만난 거야?"

"며칠 전에 필리핀에서 귀국하셨어."

"왜?"

"엄마랑 이혼 문제 마무리 지으려고 들어왔나 봐. 엄마가 안방에서 변호사랑 통화하는 걸 들었어."

몇 년 전, 온 가족이 필리핀 여행을 간 게 문제였다. 여행지에서 아내와 다툰 민철이 아빠는 혼자 술집에 갔다가 그곳에 사는 여성과 만났다. 한국과 필리핀 사람 사이에서 태어난 코피노 여성이었는데 무슨 수를 썼는지 민철이 아빠의 마음을 사로잡았다. 결국, 이런저런 핑계를 대면서 필리핀을 드나들던 민철이 아빠는 이혼 얘기를 꺼내고 집을 나갔다. 엄마는 눈물로 호소를 하기도 하고, 소송을 한다고 목소리를 높이기도 했지만 결국 아빠의 결심을 꺾지는 못했다. 주혁이와 성욱이는 그 과정을 고스란히 겪은 민철이를 옆에서 지켜봤다. 가뜩이나 소심했던 민철이는 부모님이 이혼하는 일련의 과정을 지켜보면서 더 소극적으로 변하면서 친구들이랑 많이 멀어졌다. 비슷하게 친구들에게 따돌림을 당했던 주혁이와 성욱이와는 더 가까워졌다. 셋이 뭉치게 된 계기는 괴담이었다. 중학교에 입학할 때부터 유독 무서운 얘기를 좋아하던 셋은 놀이공원에 놀러 가도 귀신의 집만 여러 번 들어갔다. 부모님 아이디로 OTT에서 공포 영화와 드라마를 보기도 하고, 무서운 얘기를 하는 공포 유튜브들도 같이 봤다. 때문에 학교에서는 '괴기 삼총사'나 '괴담 삼총사'로 불렸다. 주변에서 그러거나 말거나 셋은 무서운 것에 심취한 채 중학교 2학년의 여름을 보내는 중이었다. 그런 셋에게 흥미로운 학교괴담 하나가 들려온 것이다. 둘이 아무 말도 못 하는 사이에 뿔테 안경을 끌어올린 민철이가 말했다.

"아빠는 당분간 필리핀에 있을 거라면서 마지막에 나랑 밥 먹었어. 그러면서 학교 얘기 묻다가 그 얘기를 하더라."

"도서관 괴담?"

성욱이의 물음에 민철이가 끄덕거렸다.

"대신 조건들이 좀 있었어."

"무슨 조건?"

"매달 보름날 12시에 책을 펼쳐야 한다고 했어. 그리고 책을 읽기 전에는 코끼리를 세 바퀴 돌아야 하고."

"코끼리가 뭔데?"

주혁이의 질문에 민철이가 한 손으로 코를 잡고 허리를 굽혀서 빙빙 도는 자세를 취했다. 그걸 본 성욱이가 박수를 치면서 말했다.

"옛날 TV에서 하는 예능에서 봤어."

멈춰 선 민철이가 숨을 헉헉거리며 입을 열었다.

"이거를 세 바퀴 돌면서 속으로 책에서 보고 싶은 걸 되뇌라고 했어. 예를 들어서 우리 아빠처럼 기말고사 시험 문제를 보고 싶다고 하고 그 책을 펼치면 문제가 나오는 식이지."

"도서관 안이면 책이 엄청 많은데 아무 책이나 펼치면 되는 거야?"

"물론 아니지. 아빠 얘기로는 26번 서가 제일 위쪽에 있는 『즐거운 학교생활』이라고 했어."

"에이, 책 제목부터 에러네. 어떻게 학교생활이 즐거워?"

성욱이의 반박에 민철이가 어깨를 으쓱거렸다.

"그건 나도 잘 모르지. 어쨌든 내가 한 대로 하고 그 책을 펼치면 보고 싶은 걸 볼 수 있다고 했어."

민철이의 얘기를 들은 성욱이와 주혁이는 서로의 얼굴을 바라봤다. 휴대폰을 꺼내서 살펴본 성욱이가 중얼거렸다.

"바로 다음 주에 시험이잖아."

성욱이의 말에 주혁이가 중얼거렸다.

"맞아. 이번 시험 망치면 담임이 가만 안 놔둔다고 했잖아. 공부는 좀 했어?"

주혁이의 물음에 두 아이는 거의 동시에 고개를 저었다. 주혁이까지 포함해서 세 명 모두 공부와는 거리가 멀었다. 부모님을 포함해서 온 세상이 다 알았지만 이상하게도 담임 선생님만 몰랐다. 그래서 셋에게 공부하라고 잔소리를 하는 쓸데없는 짓을 했다. 그러다가 주혁이가 조심스럽게 말했다.

"어차피 공부를 하기에는 너무 늦었고 거기 갈까?"

"폐쇄된 도서관 말이야?"

성욱이가 눈을 살짝 크게 뜬 채 말했다. 가운데 낀 민철이가 또 한 번 어깨를 으쓱거렸다.

"그런데 말이야."

"뭔데."

"아빠가 그랬는데 존나 데인저러스 하다고 그랬어."

"밤 12시에 들어가면 당연히 위험하지."

주혁이의 말에 민철이가 아까처럼 손가락을 까닥거렸다.

"그게 아니라 엉뚱한 책을 읽거나 이상한 생각을 하면 책 귀신이 나와서 잡아간다고 했어. 북 고스트."

민철이의 얘기를 들은 주혁이가 코웃음을 쳤다.

"별의별 귀신은 다 들어 봤지만 책 귀신은 또 처음이네."

"아빠가 그랬어. 예전에 이 학교에 전설적인 천재가 있었는데. 엄청나게 똑똑하고 공부도 잘했는데 심지어는 밥 먹을 때나 화장실에서 똥 쌀 때도 책을 봤고, 걸어가면서도 책을 읽었다고 그랬어."

"진짜 미친놈이네."

성욱이가 웃으며 말했지만 민철이는 진지하게 말했다.

"그래서 매번 시험에서 백 점만 맞았대. 그런데 너무 책만 읽다가 그만 책에 빨려 들어가 버렸다고 그랬어."

"아니, 책이 무슨 진공청소기도 아니고."

"어쨌든 그다음부터 그 책에는 귀신이 붙은 거지. 겁나 똑똑한, 지니어스한 고스트 말이야."

"그래서 걔가 시험 문제를 알려 준다 이 말이지?"

"오브 코스. 그런데 말이야. 규칙이 있어."

"무슨 규칙? 코끼리코 말고 또 다른 게 있어?"

성욱이의 물음에 민철이가 손가락을 꼽아 가면서 말했다.

"반드시 12시에 책을 펼칠 것. 그리고 다른 책을 펼치지 말 것. 불을 켜거나 소리를 내지 말 것."

"그걸 안 지키면?"

듣고 있던 주혁이의 물음에 민철이가 손가락을 펼치면서 대답했다.

"책 귀신이 나타나서 끌고 간대."

"어디로?"

"책 속으로."

"책 속이라니, 진짜 답답하겠네."

"그 안에 갇히면 절대 못 돌아온대."

"진짜 끔찍한 괴담이네. 학생이 책 속에 갇히다니."

"괴담이 아니라 전설이라니까."

민철이의 말에 주혁이가 선수를 쳤다.

"알아. 레전드."

둘이 티격태격하던 걸 지켜보던 성욱이가 끼어들었다.

"그래서 가 볼 거야? 안 가 볼 거야?"

성욱이의 물음에 둘은 거의 동시에 대답했다.

"가 봐야지."

성욱이가 그럴 줄 알았다는 듯 팔짱을 낀 채 바라봤다.

"이건 의지의 문제가 아니야."

"그럼?"

민철이가 눈을 동그랗게 뜨고 물어보자 성욱이가 얘기했다.

"밤 열두 시에 폐쇄된 구관 2층에 있는 도서관으로 가는 게 쉬운 거 같아?"

"이번 주 수요일이면 괜찮아."

주혁이의 뜬금없는 대답에 성욱이가 물었다.

"수요일에 왜?"

"천문 캠프 열리잖아."

"아! 그날이었나?"

성욱이의 물음에 주혁이가 운동장을 바라봤다.

"수요일 저녁에 무슨 별인가 혜성이 200년 만에 지구에 접근한다고 했잖아. 그래서 교장 선생님이 다음 주에 시험이지만 천문 캠프를 연다고 했어. 밤중에 말이야."

"우리 교장이 천문학 덕후라는 게 이럴 때 도움이 되네."

주혁이가 낄낄거리며 말하자 성욱이가 한쪽 눈썹을 찡그리며 말했다.

"그날 운동장에서 캠프파이어를 하고 옥상에 천체 망원경을 가져다 놓고 본다고 했어. 그래서 학교를 밤늦게까지 개방하는데 아마 도서관이 있는 폐쇄된 구관 옥상에도 올라갈 거야. 거기가 더 잘 보인다고 했거든."

"그럼 그날은 도서관에 들어갈 수 있다는 얘기네?"

민철이의 물음에 성욱이가 고개를 세차게 끄덕거렸다.

"중간에 몰래 빠져야 하지만 그날 80명이나 올라가야 하니까 다들 정신없을 거야."

"우리도 신청해야겠네."

주혁이가 들뜬 목소리로 말하자 민철이가 손가락으로 오케이라고 표시하고는 말했다.

"당근이지."

"어쭈, 오케이라고 할 줄 알았는데."

"사실 생각이 안 났어."

민철이의 솔직한 대답에 둘 다 크게 웃었다. 그리고 이런저런 얘기를 나누는데 무심코 운동장을 바라본 성욱이가 외쳤다.

"조심해!"

주혁이는 손으로 머리를 감싸고 주저앉았지만 민철이는 어리둥절한 표정으로 주변을 돌아봤다. 그런 민철이의 머리에 농구공이 정확하게 떨어졌다.

"으악!"

민철이가 두 손으로 머리를 감싸 쥔 채 그대로 주저앉았다. 놀란, 주혁이와 성욱이가 민철이를 붙잡았다.

"야! 괜찮아?"

"머리 안 아파?"

놀란 민철이가 얼굴을 잔뜩 찡그리고 있는데 운동장에서 누군가 걸어왔다. 흰색 농구화와 검정색 반바지, 그리고 나이키 로고가 크게 새겨진 셔츠 차림의 아이가 성큼성큼 걸어와 굴러가는 농구공을 발로 가볍게 차서 튕긴 다음에 손으로 잡았다. 그걸 본 주혁이가 소리쳤다.

"야! 슬램덩크! 뭐 하는 짓이야?"

"미안."

말투나 표정이 전혀 미안해하지 않은 상대방이 귀찮다는 듯 덧붙였다.

"거기 있는 줄 몰랐지. 안 보여서 말이야."

"사람도 안 보이는데 농구 골대는 잘 보여? 권도영?"

주혁이가 비꼬자 도영이가 콧방귀를 꿰었다.

"골대가 아니라 림이야. 림."

"림이건 링이건 사람을 맞췄으면 제대로 사과해야지. 농구만 잘하면 그만이야?"

주혁이가 계속 목소리를 높이자 도영이 패거리들이 우르르 몰려왔다. 같이 농구를 하는 아이들이었는데 덩치도 크고 힘도 세서 거의 일진 취급을 받았다. 하지만 진짜 일진처럼 누굴 괴롭히거나 돈을 뜯지는 않아서 학교에서도 별다른 주의를 주지 않았다. 세 아이들보다 머리 하나는 더 크고, 덩치는 압도적으로 큰 아이들이 나란히 서자 그림자가 길게 드리워졌다. 민철이가 씩씩거리는 주혁이를 만류했다.

"그만해."

도영이가 어눌한 민철이의 말을 흉내 내자 패거리들이 낄낄거리며 웃었다. 그러자 머리를 탁탁 턴 민철이가 도영이에게 다가갔다. 키 차이가 적지 않아서 민철이가 한참 올려다봐야만 했다.

"너 귀신 붙었어."

"뭐라고?"

"객귀라고 객사한 귀신이 붙었다고, 지금 오른쪽 어깨가 좀 뻐근하지 않아?"

민철이의 말에 도영이가 저도 모르게 오른쪽 어깨를 만졌다. 그러자 민철이가 서늘한 목소리로 얘기했다.

"조심하는게 좋을 거야. 객귀는 웬만하면 잘 안 떨어지거든."

"뭐라는 거야? 재수 없게."

도영이가 눈앞에 선 민철이를 확 떠밀었다. 그러자 민철이는 힘없이 나가떨어졌다. 그걸 본 주혁이가 덤벼들었다.

"왜 떠미는 건데?"

"먼저 시비 걸었잖아. 안 그래?"

도영이가 주변의 패거리들을 돌아보며 말하자 다들 이구동성으로 그렇다고 대답했다. 손바닥을 탁탁 턴 도영이가 쓰러진 민철이를 보면서 말했다.

"너, 앞으로 두고 봐."

성욱이의 부축을 받으며 일어난 민철이도 지지 않고 얘기했다.

"너 지금 화를 낸 건 객귀의 조종을 받아서 그런 거야. 앞으로 그런 식으로 화내고 짜증 내면 결국 객귀한테 지배당해서 평생 그렇게 지낼걸. 그 고스트 많이 무섭고 사나워. 완전 크레이지라고."

민철이의 얘기를 들은 도영이가 열 받은 표정으로 덤벼들려고 했다. 그러자 이번에는 패거리들이 나서서 말렸다. 일이 더 커지면 좋을 게 없었기 때문이다. 결국 도영이는 씩씩거리며 패거리들과 함께 농구를 하러 갔다. 소동이 마무리되고 주혁이가 민철이의 옷에 묻은 흙을 털어 주면서 조심스럽게 물었다.

"야, 넌 언제부터 귀신을 볼 줄 안 거야?"

"고스트? 뻥이었어."

"뭐라고?"

어처구니없어 하는 주혁이에게 민철이가 유쾌하게 말했다.

"도영이를 이겨 먹을 수 있는 방법은 그거밖에 없을 거 같아서 말이야."

낄낄거리는 민철이를 본 성욱이가 말했다.

"일단 수요일날 천문 캠프에 참가 신청하자. 그리고 밤 12시 직전

에 화장실 간다고 빠져나와서 구관 2층 도서관으로 가는 거야. 오
케이?"

성욱이의 말에 둘이 동시에 대답했다.

"오케이."

수요일 저녁이 되자 학교에 불이 환하게 켜졌다. 그리고 하교를
했던 학생들이 부모님의 손을 잡고 속속 교문으로 들어왔다. 교문
앞에는 천문 덕후인 교장 선생님이 활짝 웃는 표정으로 손을 흔들
고 있었다. 하늘을 볼 수 있는 본관과 구관 옥상에는 천체 망원경
들이 설치되어 있었다. 옆에는 텐트와 빈백들이 놓여 있어서 하늘
을 관찰하지 않을 때는 쉬거나 잠깐 잠을 청할 수도 있었다. 학교에
서 나눠 준 종이 모자를 쓴 아이들과 부모님들이 근처 천문대에서
파견 온 직원들의 안내를 받아서 천체 망원경을 들여다봤다. 새로
운 이벤트에 다들 즐거워하면서 천체 망원경 주변에 모여 있는 사
이, 괴담 삼총사인 성욱이와 주혁이, 그리고 민철이는 슬슬 눈치를
보면서 빠졌다. 다행히 셋은 별로 눈에 띄는 편이 아니었던 데다가
다들 천체 망원경을 들여다보느라 관심을 두지 않았다. 화장실을
간다는 핑계로 옥상에서 내려온 세 아이들은 구관과의 연결통로가
있는 2층으로 내려갔다. 평소라면 구관 쪽 연결통로는 문이 굳게 닫
혀 있어야 했지만 그쪽도 옥상을 개방한 상태라서 활짝 열어 놨다.
지키는 선생님도 없어서 셋은 자연스럽게 연결통로를 통해 구관으

로 갈 수 있었다. 물론 옥상으로 올라가는 계단으로 형광색 테이프가 바닥에 붙어 있었고, 다른 곳은 출입 금지라는 경고가 적힌 종이가 곳곳에 붙어 있었다. 하지만 지켜보는 사람이 없었던 상황이라 셋은 옥상으로 올라가는 계단 대신 어두운 복도로 슬쩍 빠져들 수 있었다. 칠흑같이 어두운 복도는 창가의 커튼 사이로 스며드는 은은한 달빛이 살짝 흩뿌려졌다. 집에서 가져온 랜턴을 켠 성욱이가 조심스럽게 복도 끝을 비췄다. 하지만 어둠을 뚫기에는 랜턴의 빛은 너무 미약했다. 지금은 폐쇄된 구관은 곧 허물어지고 강당 겸 식당이 들어설 예정이었다. 오래된 곳이라 그런지 복도는 좁고 오래된 흔적들이 역력히 남았다. 성욱이가 잔뜩 긴장한 목소리로 친구들에게 말했다.

"옛날 도서관은 저 끝에 있을 거야."

성욱이의 말에 주혁이가 투덜거렸다.

"겁나 어둡네."

"앞에 신관이 세워져서 그래. 다 가려 버리잖아."

"그렇긴 해도 너무 어두운데."

계속 어둡다고 얘기한 주혁이가 뒤쪽을 힐끔거리며 바라봤다. 옥상으로 올라가는 계단이 있는 통로 역시 어둠 속에 빠져들었는지 보이지 않았다. 그걸 본 주혁이가 호들갑을 떨었다.

"뭔가 이상해."

주혁이의 말에 민철이가 물었다.

"뭐가 이상한데?"

"통로가 이렇게 길 리가 없잖아."

"신관보다 좀 더 길잖아. 제발 겁 좀 먹지 마. 진정해. 테이크 잇 이지."

민철이의 얘기를 들은 주혁이가 벌컥 화를 냈다.

"지금 내가 겁쟁이라는 얘기야?"

둘이 한참 으르렁거리는데 성욱이가 말했다.

"싸우지 마. 도착했어."

성욱이의 얘기를 들은 주혁이가 물었다.

"어딜?"

성욱이가 들고 있던 랜턴으로 위쪽을 비췄다.

"도서관. 바로 앞이야."

랜턴이 비춘 곳을 바라본 주혁이가 중얼거렸다.

"진짜네."

주혁이의 말을 들은 민철이도 한마디 했다.

"언빌리버블."

콧방귀를 뀐 주혁이가 민철이에게 물었다.

"들어가서 무슨 책을 봐야 한다고 했지?"

"26번 서가에 있는 『즐거운 학교생활』. 12시에 코끼리를 세 바퀴 돌고 펼쳐 봐야 한다고 했어."

민철이의 대답을 들은 주혁이가 성욱이를 바라봤다.

"지금 몇 시지?"

성욱이는 랜턴으로 손목시계를 비췄다.

"11시 15분."

"45분이나 남았네. 일단 들어가서 기다리자."

주혁이의 말에 민철이가 주변을 돌아봤다.

"그냥 여기서 기다리면 안 될까? 좀 호러블한데."

"여기가 더 무섭지 않냐?"

주혁이의 대답에 민철이가 마른침을 삼키며 대답했다.

"저 안은 여기보다 더 어두울 거 같아서 말이야."

민철이의 절박한 표정을 본 성욱이가 거들었다.

"그럼 잠깐 옥상에 올라갔다가 시간 맞춰서 다시 오자."

셋이 그렇게 얘기를 나누는데 통로 쪽에서 발자국 소리와 함께
말소리가 들렸다. 귀를 쫑긋 세운 주혁이가 말했다.

"저거, 슬램 덩크 목소리 같은데?"

"도영이?"

성욱이의 물음에 주혁이가 고개를 끄덕거렸다.

"아무래도 피하는 게 좋겠어."

"왜? 우리가 잘못한 것도 없는데."

민철이의 얘기에 주혁이가 얼굴을 찌푸리며 얘기했다.

"쟤들은 오늘 캠프에 온다고 신청하지 않았어."

"그런데 왜 온 거야?"

"왜 왔겠어."

주혁이의 얘기를 들은 민철이는 곧바로 입을 열었다.

"들어가자."

셋은 밀어서 여는 도서관의 문을 열고 안으로 들어갔다. 그리고 성욱이가 랜턴을 끄는 것과 동시에 약속이나 한 듯 조용히 문을 닫고 고개를 숙였다. 잠시 후, 쿵쿵거리는 발자국 소리와 함께 두런거리는 말소리가 들렸다. 주혁이의 말대로 슬램 덩크 도영이의 목소리가 맞았다.

"그 새끼들 여기로 온 거 맞아?"

도영이의 물음에 패거리 중 한 명이 대답했다.

"응, 오늘 캠프 신청했고, 아까 걔네들 중 한 명이 내려오는 것까지 봤어."

"그래서 어디로 갔는데? 안 보이잖아."

"그러게."

패거리의 대답을 들은 도영이가 짜증을 냈다.

"씨발, 제대로 좀 하라고."

"미, 미안."

"오늘 손봐 주기 딱 좋은 날이라고 해서 왔는데 이게 뭐야?"

"아직 끝나지 않았으니까 찾아볼게."

쩔쩔매는 패거리의 얘기를 들은 세 아이들은 손으로 입을 막고 웃었다. 하지만 다음에 들리는 도영이의 얘기를 듣고는 그대로 얼어

붙었다.

"근데 이 도서관은 뭐야?"

"그러게. 여기에 이런 게 있는 줄 몰랐는데."

"그 새끼들 여기로 들어간 거 아니야? 열어 봐."

그 말이 들리자마자 세 아이들은 문고리를 잡았다. 잠시 후, 문을 열려는 듯 움찔거렸다. 하지만 세 아이들은 필사적으로 문고리를 잡고 버텼다. 몇 번 당기던 패거리가 도영이에게 말했다.

"안에서 잠겼나 봐. 꼼짝도 안 하네."

"비켜 봐."

짜증을 내는 도영이의 목소리를 들은 셋은 그대로 얼어붙었다. 키도 크고 힘이 센 도영이가 문을 열면 막을 수 없을 것 같았기 때문이다. 이제 끝이라고 생각한 세 아이들은 눈을 질끈 감았다. 그때, 저 멀리서 구원 같은 목소리가 들렸다.

"너희들! 거기서 뭐 해!"

복도를 쩌렁쩌렁 울리는 목소리의 주인공은 다름 아닌 체육 선생님이었다. 도영이가 유일하게 무서워하는 선생님이기도 했다. 그래서인지 대답하는 도영이의 목소리는 가볍게 떨렸다.

"죄송합니다. 화장실 가려다가 길을 잃었습니다. 선생님."

"화장실은 3층에 있다고 미리 얘기했잖아. 깜깜한 곳을 돌아다니다가 다치면 어쩌려고 그래?"

"조심하겠습니다. 선생님."

"거기 있지 말고 얼른 와. 내가 3층으로 데려다줄게."

"네."

풀이 죽은 도영이의 목소리가 들리고 곧장 질질 끄는 발자국 소리가 멀어졌다. 주혁이가 한 손을 가슴에 댄 채 작게 한숨을 쉬었다.

"진짜 죽다 살아났네."

"그러게. 가슴이 너무 뛰어서 터지는 줄 알았어."

성욱이 역시 같은 표정을 지으며 대답했다. 하지만 민철이는 아무 말도 하지 않고 도서관 안을 두리번거렸다. 복도보다 더 어두워서 아무것도 보이지 않았다. 다만, 책을 꽂아 둔 서고들이 어둠 속에서 어렴풋하게 느껴졌다. 도서관 안을 두리번거리는 민철이와 여전히 문고리를 잡고 있던 주혁이에게 성욱이가 낮은 목소리로 말했다.

"도영이 패거리가 언제 다시 올지 모르니까 불 켜지 말고 기다리자."

둘이 말없이 고개를 끄덕거렸다. 어둠보다 더 깊은 침묵이 잠시 이어졌다.

시간이 지나자 도영이로 인해 생긴 긴장감이 사라졌다. 그러면서 아이들은 어둠에 익숙해졌다. 호기심이 많은 주혁이는 서가 사이를 조심스럽게 다녔고, 겁이 많은 민철이는 창가 쪽으로 가서 조금이라도 빛을 보려고 애를 썼다. 중간에 낀 성욱이는 구석에 책이 쌓인 공간에 가서는 이리저리 살폈다. 그러다가 성욱이가 나지막하게 말했다.

"12시 거의 다 됐어."

"26번 서가 먼저 찾아."

민철이의 말에 성욱이가 랜턴으로 이리저리 살펴보다가 말했다.

"여기야. 26번 서가."

여기저기 흩어져서 도서관을 구경하던 아이들이 성욱이 주변으로 모였다. 성욱이가 손을 들어서 책꽂이 위쪽을 가리켰다.

"보여? 26번이라고 붙어 있어."

민철이가 가장 먼저 반응을 보였다.

"그러네."

마른침을 삼킨 주혁이가 입을 열었다.

"그 책도 여기 있겠네? 『즐거운 학교생활』."

둘이 고개를 끄덕거리자 성욱이는 들고 있던 랜턴을 켰다. 그리고 위에서부터 차례대로 한 권씩 살펴봤다. 그러면서 제일 안쪽으로 들어갔다. 좁은 틈바구니에 낀 세 아이들은 서로 경쟁하듯 책을 찾았다. 점점 목소리들이 높아지자 주혁이가 말했다.

"야, 목소리 좀 낮춰. 다 들리겠어."

"아까 갔잖아. 또 오진 않겠지."

흥분한 상욱이의 말에 주혁이가 다시금 목소리를 높였다. 그때 다시 발자국 소리가 들려왔다. 놀란 셋은 랜턴을 끄고 그대로 바닥에 엎드렸다. 잠시 후, 도서관 문이 벌컥 열렸다. 앞장서서 들어온 것은 아까 봤던 도영이 패거리였다. 씩씩거리며 들어온 패거리가 주변을 돌아봤다.

"재찬이가 그러는데 걔들이 분명히 도서관으로 간다고 그랬대."

뒤따라 들어온 도영이가 물었다.

"여기에는 왜?"

"잘 모르겠지만 무슨 책을 찾는다고 했어."

"책? 공부랑은 거리가 먼 놈들이잖아."

"모르지. 재찬이도 엿들은 거라고 했으니까."

패거리의 대답을 들은 도영이가 뒤통수를 치면서 짜증을 냈다.

"너는 뭐 똑바로 하는 게 없어."

뒤통수를 맞은 패거리는 미안하다는 말을 연거푸 하면서 앞장서서 도서관 안으로 들어갔다. 26번 서가 아래 바짝 엎드려 있던 셋은 입을 틀어막고 버텼다. 휴대폰의 조명을 켠 패거리는 이곳저곳을 비추면서 살폈다. 그러다가 마침내 26번 서가 쪽으로 다가왔다. 휴대폰 조명이 먼지가 쌓인 책들 사이로 뚫고 들어왔다. 제발 그냥 지나가라고 간절히 빌었지만 패거리의 의기양양한 목소리가 들렸다.

"여기야. 찾았어."

투덜거리며 일어난 세 아이들은 사방에서 몰려오는 도영이 패거리들의 그림자에 갇혀 버리고 말았다. 그때, 민철이가 소리쳤다.

"12시다!"

그리고 손을 뻗어서 서가 사이에 꽂힌 『즐거운 학교생활』을 찾아냈다. 그런 민철이에게 성욱이가 말했다.

"지금 찾아서 뭐 하게."

"좀 막아 봐."

성욱이에게 소리친 민철이는 그 자리에서 코를 잡고 허리를 굽힌 채 빙빙 돌았다. 그걸 본 도영이가 서가에 손을 걸친 채 피식 웃었다.

"저 바보는 뭘 하는 거야?"

"하나! 둘! 셋!"

크게 외친 민철이가 허리를 펴고는 『즐거운 학교생활』을 펼쳤다. 도영이는 아예 크게 웃었다.

"겁이 나니까 미친 모양이네."

코웃음을 친 도영이가 패거리들에게 말했다.

"끌어 내."

세 아이들은 패거리들 손에 끌려서 서가 밖으로 질질 끌려 나왔다. 셋을 도서관 가운데에 팽개친 패거리들이 빙 둘러쌌다. 상욱이와 주혁이는 패거리들을 힐끔거렸지만 민철이는 두 눈을 꼭 감고 있었다. 그걸 본 도영이가 패거리 사이로 들어와서는 발길질을 했다. 가슴팍을 걷어차인 민철이가 바닥으로 쭉 미끄러졌다. 민철이의 신음 소리를 들은 도영이가 가볍게 스텝을 밟으면서 말했다.

"야, 너희들 괴담 좋아한다며? 내가 너희들을 괴담으로 만들어 줄게. 까불다가 죽빵 터져서 귀신이 된 괴담 어때?"

패거리들이 비위를 맞추기 위해서 재미있겠다는 듯 웃으며 박수를 쳤다. 일어나서 양반다리를 한 민철이가 말했다.

"이 도서관에 괴담이 있는 거 알아?"

"괴담? 무슨 괴담?"

도영이의 물음에 민철이는 고개를 옆으로 빼서 아까 끌려 나온 26번 서가를 바라봤다.

"밤 12시에 코끼리를 하고 저기에 꽂힌 책을 읽으면 원하는 대로 된다는 괴담."

"바보야. 무슨 소린지 알아듣게 좀 얘기해."

"어차피 멍청해서 못 알아듣잖아. 방금 그 책을 읽었어. 12시 정각에."

도영이를 비웃은 민철이는 손에 든 책을 펄럭거렸다.

"아까 이걸 읽으면서 생각했어."

"무슨 생각? 좋은 생각?"

건들거리며 비웃는 도영이에게 민철이가 말했다.

"며칠 전에 읽었던 책에 나온 내용. 책 내용은…"

민철이의 말이 잠시 끊긴 사이에 아까 도영이 패거리들이 들어오면서 반쯤 열어 놓은 도서관의 문에서 삐걱거리는 소리가 들렸다.

도영이와 패거리가 무심코 고개를 돌렸다가 그대로 굳어져 버렸다. 그때, 민철이가 말했다.

"우리나라 전통 요괴 중 하나에 대한 설명이었어. 바로 창귀."

"창귀?"

문을 열고 들어온 것을 바라보고 있던 패거리가 비명을 질렀다.

"으악!"

다들 문을 바라봤는데 거기에는 해골을 주렁주렁 몸에 단 하얀색 호랑이가 보였다. 눈동자 대신 불꽃이 일렁거렸고, 온몸에서는 아지랑이 같은 불길이 나왔다. 놀란 패거리들이 비명을 지르며 주저앉았고, 도영이도 겁이 질렸는지 눈이 엄청 커졌다.

"저, 저 괴물은 뭐야?"

민철이가 그런 도영이를 보고 말했다.

"호랑이한테 물려 죽은 사람을 창귀라고 해. 호랑이에게 종속되는데 사람들이 있는 곳으로 죽은 호랑이를 유인해."

"대, 대체 그런 짓을 왜 하는데?"

"자기만 죽은 게 억울하니까, 그리고 저 요괴는 귀신을 좋아해. 예를 들어 네 어깨에 달린 객귀 같은 애들 말이야."

"객귀라고?"

"그래, 지난번에 얘기했잖아. 객사한 귀신. 너처럼 싸가지 없고, 생각 없는 사람한테 잘 달라붙어."

"씨발, 장난 그만하라고!"

도영이가 화를 벌컥 내자 창귀가 쓱 고개를 돌렸다. 그 바람에 다들 기겁을 하면서 여기저기 숨었다. 민철이는 주혁이와 함께 아까 끌려 나왔던 26번 서가로 기어갔고, 다른 아이들도 제각각 숨었다. 우물쭈물하던 도영이만 홀로 남았다. 혼자가 된 도영이는 발길질을 하고 주먹을 휘두르면서 소리를 쳤다.

"가, 가까이 오지 마!"

하지만 창귀는 신경도 쓰지 않고 다가왔다. 그리고 어둠 속에서도 반짝거리는 하얀 이빨을 드러냈다. 잠시 멈춰 있던 창귀는 구석에 몰린 도영이를 향해 훌쩍 뛰었다. 도망치던 도영이는 창귀에게 목덜미를 물렸다. 섬뜩한 비명 소리와 함께 도영이가 발버둥을 쳤지만 창귀는 앞발로 가볍게 도영이를 찍어 눌렀다. 그리고 도영이가 여전히 저항하자 뒷목을 물고는 이리저리 흔들어 댔다. 도영이가 살려 달라고 외쳤지만 패거리들 중 아무도 나서지 못했다. 창귀는 도영이를 물고 이리저리 흔들다가 구석으로 던져 버렸다. 마침 패거리들이 숨어 있던 서가 쪽으로 부딪친 도영이는 비명을 지르며 떨어졌고, 서가들이 도미노처럼 무너지면서 요란한 소리와 함께 먼지를 일으켰다. 몇몇 패거리들이 깔렸는지 신음 소리를 냈다. 견디다 못한 패거리 하나가 울면서 문 쪽으로 뛰어갔다. 그리고 문을 열려고 했는데 꿈쩍도 하지 않았다.

"제, 제발 살려 주세요. 여기 괴물이 있어요."

문을 두드리면서 살려 달라고 외치던 패거리도 뒤에서 달려든 창귀에게 물리고 말았다. 등을 물린 패거리는 살려 달라고 문을 쳤지만 창귀의 발톱에 머리통을 맞고 뻗어 버리고 말았다.

"대체 어떻게 된 거야?"

덜덜 떠는 주혁이의 물음에 민철이는 오히려 신나했다.

"재밌잖아. 괴담이 뻥이 아니라 진짜라니 신기해. 어메이징."

"그놈의 영어 좀 작작 해. 영어 귀신 나올까 봐 무섭다."

"사실은 말이야."

민철이의 말에 주혁이가 놀란 표정을 지었다.

"너, 설마."

"영어 귀신도 나오게 해 달라고 했어."

"영어 귀신은 또 뭐야?"

주혁이의 말이 무섭게 어둠 속에서 뭔가가 툭 하고 떨어졌다. 생긴 건 서양의 어릿광대였는데 붉은색 고깔모자에 온몸에는 알파벳이 적혀 있었다.

"A, B, C, D, E…"

알파벳을 중얼거리며 도서관 중앙을 빙빙 돌던 영어 귀신은 갑자기 26번 서가 쪽을 노려봤다. 그러고는 우스꽝스러운 걸음걸이로 다가왔다.

"망했다."

주혁이가 한숨을 쉬며 중얼거리자 갑자기 민철이가 뛰쳐나갔다. 그리고 영어 귀신 앞에 섰다.

"하이! 프렌드."

민철이가 영어를 하자 영어 귀신은 고개를 갸웃거렸다. 민철이가 외국인처럼 제스처를 취하면서 영어를 했다.

"아임 유어 프렌드! 유어 마이 프렌드?"

민철이의 물음에 영어 귀신 역시 비슷한 제스처를 취하면서 대답했다.

"오케이."

그러고는 돌아서서 다른 희생자를 찾았다. 반대편의 서가에서 막 도영이의 패거리 하나가 기어 나왔다. 그쪽으로 돌아선 영어 귀신이 패거리의 발목을 붙잡았다. 그리고 발버둥을 치는 패거리에게 물었다.

"왓츠 유어 네임?"

"뭐라는 거야! 이 광대 새끼야!"

패거리는 욕설을 퍼부으면서 발길질을 했다. 그러자 영어 귀신은 패거리의 발목을 놓고 주변을 빙글빙글 돌았다. 마치 춤을 추는 것 같은 모습에 패거리는 더 겁에 질렸다.

"뭐 하는 짓이야."

영어 귀신은 펄쩍펄쩍 뛰면서 주변을 돌다가 갑자기 두 손으로 패거리의 귀를 막았다. 패거리가 비명을 질렀다.

"그만, 그만해!"

하지만 영어 귀신은 손을 놓지 않았다. 결국 패거리가 눈을 까뒤

집고 입에서 거품을 문 다음에야 손을 떼었다. 패거리는 옆으로 푹 쓰러졌다. 영어 귀신은 영어 노래를 부르면서 다음 희생자를 찾았다. 그 사이, 창귀가 무너진 서가에서 낑낑대던 도영이의 발목을 물어서 가운데로 끌고 왔다. 그러자 영어 귀신은 주변을 폴짝폴짝 뛰면서 기괴한 발음의 영어 노래를 불렀다. 도영이는 두 손으로 귀를 감싼 채 소리 질렀다.

"제발, 그만! 귀가 너무 아파."

그러거나 말거나 영어 귀신은 노래를 멈추지 않았다. 도영이는 두 손으로 귀를 감싼 채 데굴데굴 구르며 몸부림을 쳤다. 영어 귀신은 끝까지 따라가면서 영어 노래를 불렀다. 한숨 돌린 주혁이가 그 광경을 보면서 중얼거렸다.

"진짜 믿겨지지가 않네."

"그렇지? 나도 아버지가 말한 대로 하긴 했지만 진짜 귀신이 나올 줄은 몰랐어."

"쟤들이 당해서 기분 좋기는 한데 우리도 당하면 어떡해?"

"괜찮아. 우리 셋은 공격하지 말아 달라고 생각하고 책을 펼쳤어."

민철이의 말대로 창귀와 영어 귀신은 도영이와 그 패거리들만 공격했다. 도서관 문이 굳게 닫힌 상태에서 벌어지는 요괴들의 공격에 패거리들은 속수무책으로 당했다. 반면, 민철이는 신이 나서 지켜봤다. 마지막까지 숨어 있던 도영이 패거리 하나는 창귀에게 발목이 물려서 질질 끌려 나왔고, 영어 귀신의 공격에 의식을 잃고 말왔다. 그리고 갑자기 고요함이 찾아왔다. 반대쪽 서가에 숨어 있던 성욱이가 그 틈을 타서 둘이 있는 곳으로 기어 왔다. 미친 듯이 숨을 헐떡거리던 성욱이가 민철이에게 물었다.

"너, 뭘 부른 거야?"

"그때 생각났던 요괴들을 불렀어. 하나 더 나와야 하는데?"

민철이의 얘기를 들은 둘은 소스라치게 놀랐다.

"하나 더?"

"응, 괴담의 주인공인 사라진 천재 학생이 궁금했거든."

"야! 이 미친!"

성욱이가 소리를 지르려는 찰나, 갑자기 서가 건너편에서 무덤덤한 목소리가 들렸다.

"누가 날 부른 거야?"

놀란 셋이 바라보자 책 사이로 검은 그림자가 보였다. 어두운 도서관 안에서 풍겨 오는 알 수 없는 두려움에 셋은 서로의 손을 꼭 잡았다. 그런 셋 앞에 나타난 검은 그림자는 서서히 정체를 드러냈다.

"누, 누구지?"

옛날 교복 차림에 어려 보이는 얼굴을 가지고 있었다. 반투명한 피부는 살짝 빛이 나서 살아 있는 사람처럼 보이지 않았다. 움직일 때마다 빛이 일렁거리면서 뼈 같은 것이 살짝 보였다. 하지만 무섭다기보다는 기괴한 느낌을 줬고, 체구도 작은 편이라서 셋은 무섭다기보다는 신기한 느낌을 받았다. 어느 틈엔가 창귀와 영어 귀신도 사라져 버렸다. 놀란 셋에게 그림자가 물었다.

"너희들이 날 불렀니?"

둘은 거의 동시에 민철이를 바라봤다. 마른 침을 삼킨 민철이가 고개를 끄덕거렸다.

"누군지 궁금했어요."

"그래도 날 부를 생각을 하다니, 정말 대단하네."

칭찬인지 경고인지 알 수 없었지만 민철이는 뒤통수를 긁적거리며 말했다.

"그, 그냥 궁금해서요."

"내가 실제로 존재하는 귀신인지?"

"네."

"세상에 귀신은 없어. 단지 영혼만 존재할 뿐이지."

"그, 그럼 아까 본 요괴들은요?"

"사람처럼 동물과 식물에도 영혼이 있어. 그들은 죽으면 인간과 다른 곳으로 가. 어떻게 저런 요괴들이 나타나는지는 모르겠지만 말이야."

"아."

명쾌한 답변을 들은 민철이가 고개를 끄덕거렸다. 그러자 유령 학생이 말했다.

"너희들이 날 불러 줬으니 나도 보답을 해 줘야겠네."

"꼭 그러실 필요는 없는데."

다시 겁을 먹은 민철이의 말에 유령 학생이 차갑게 웃으며 다가왔다. 놀란 셋은 비명을 지르며 서가 끝까지 물러났다. 유령 학생은 가까이 다가와서 민철이가 들고 있던 책을 손으로 가리켰다.

"태워."

"태우라고요?"

"그래, 그 책에 내 영혼이 갇혀 있어서 이곳을 떠나지 못하고 있었어."

"태우면 어디로 가는데요?"

"영혼이 가야 할 곳. 저승이라고도 부르고, 구천이라고도 하지."

유령 학생의 얘기를 들은 민철이는 고개를 끄덕거렸다.

"당장 나가서 태울게요."

"그럼 내가 종종 찾아와서 얘기를 들려줄게."

"얘기요?"

민철이의 반문에 유령 학생이 말했다.

"그래, 너희들 괴담 좋아하잖아."

"물론이죠."

"진짜배기 괴담을 들려주지. 질릴 정도로 말이야."

"조, 좋아요!"

신이 난 민철이의 대답에 유령 학생이 씩 웃었다.

"그럼, 부탁해."

유령 학생의 몸이 서서히 사라졌다. 마지막으로 사라지기 전 쓰러진 도영이 패거리들을 본 유령 학생이 말했다.

"쟤들의 기억을 지웠어. 그러니까 너희들은 여기 없었던 거고, 자기들끼리 들어와서 놀다가 사고가 난 거야. 그리고 너희들을 무서워하라는 기억도 심어 놨어."

"우리들을 무서워하라고요?"

성욱이의 반문에 유령 학생이 대답했다.

"그래, 이유는 알 수 없지만 보기만 하면 겁을 먹고 피해 다닐 거야. 부탁을 들어주는 선물이야."

셋이 환호성을 지르는 사이, 유령 학생은 어둠 속으로 사라져 버렸다. 그리고 그때까지 굳게 닫혀 있던 도서관의 문이 활짝 열렸다. 셋은 약속이나 한 듯 밖으로 나왔다.

운동장으로 나오자 캠프파이어를 한다고 불을 만들어 놓은 곳이 보였다. 그곳으로 간 민철이는 두 친구들이 주변을 살펴보는 사이 손에 들고 있던 『즐거운 학교생활』을 불 속에 집어 던졌다. 강렬한 화염에 휩싸인 책은 오징어처럼 오그라들면서 재로 변했다. 한참 들여다보던 민철이에게 성욱이가 말했다.

"저기."

고개를 돌린 민철이는 2층 도서관의 창문에서 흘러나온 빛이 어둠을 타고 하늘로 올라가는 걸 봤다.

"아까 그 유령 학생인가 봐."

주혁이의 얘기에 민철이가 고개를 끄덕거렸다.

"이제 도서관 괴담은 사라질까?"

"아니지, 도영이 패거리가 저기서 당했으니까 더 심해지겠지."

때마침 그들이 깨어났는지 살려 달라는 외침 같은 게 들렸다. 캠프파이어를 즐기면서 얘기를 나누던 학생들과 학부모, 그리고 선생님들이 놀란 표정으로 2층의 도서관을 바라봤다. 그걸 본 민철이가 덧붙였다.

"새로운 괴담이 시작되는 거야."

비밀을 공유한 셋은 서로를 보며 소리 없이 웃었다.

정명섭

제가 학교를 다니던 시절에는 참 많은 괴담이 있었습니다. 교정에 있는 동상이 자정이 되면 눈을 뜬다거나 화장실에 가면 귀신이 기다리고 있다가 놀래킨다든지 하는 얘기들이 많았죠. 그리고 쉬는 시간마다 아이들이 모여서 이상한 주문을 외우고 귀신을 소환하려고 시도한 적도 있답니다. 시간이 오래 지난 지금도 예전과 비슷한 방식의 학교괴담이 존재하는 이유는 뭘까요? 학교가 그만큼 학생들에게 익숙한 장소이자 귀신이 나온다고 해도 이상하지 않은 곳이라는 점 때문입니다. 학교가 존재하는 한 그곳의 괴담 역시 사라지지 않을 겁니다. 이번 학교괴담 앤솔러지는 사라지지 않을 학교괴담을 다루고 있습니다. 어렵다고는 하지만 학교괴담이 사라지고 오직 책에서만 볼 수 있는 세상이 오기를 바라는 마음을 담아서 말이죠. 모쪼록 재미있게 읽어 주시길 바랍니다.

너에게 칸타빌레

김여진

유능한 작곡가는 빌리지만, 위대한 작곡가는 훔친다.

_이고르 스트라빈스키

1.

삐록.

알림음이 경쾌하게 울렸다. 리연은 피아노 위에 올려 둔 스마트폰
을 낚아채듯 잡았다. 액정 화면의 시간을 보니 22시 17분. 연습의
흐름이 끊길까 봐 카톡 알림은 꺼 둔 채였으니 아마도 알림음은 문
자일 것이다. 학교 당직실 아저씨겠지.

리연이 학생 연습 언제쯤 끝난다고 했나요.

나올 때 터치 비번은 알고 있지요?

네네. 저 여기 처음 아니잖아요.

10시 반 되면 마치고 나갈게요!

배터리가 얼마 없었다. 리연은 익숙한 손길로 답장을 보냈다. 이 시간까지 학교에 마련된 연습실에서 악기 연습을 하는 아이들은 없었다. 다들 따로 다니는 연습실이나 방음 처리를 한 자신의 방에서 연습하니까. 리연의 집에는 가격대가 몇억은 너끈히 넘는 스타인웨이 피아노가 있었다. 그런 피아노가 있는데도 연습이 잘 풀리는 것은 오히려 한밤의 학교 피아노실에서였다. 토. 칵. 토. 칵. 메트로놈 소리를 들으면 리연의 마음은 더없이 차분해졌다. 10분 정도 손가락이 자꾸 꼬였던 부분만 쳐 보고 오늘 연습을 마칠 참이었다.

타칵. 탁.

멀쩡했던 메트로놈이 왜 또 말썽이야. 리연은 가벼운 짜증을 뱉으며 스마트폰 쪽으로 다시 손을 뻗었다. 기계식 메트로놈을 더 선호하긴 하지만 이럴 땐 메트로놈 어플이 있으니 상관없었다. 그러나 이번엔 스마트폰의 화면이 먹통이었다. 연습 끝날 때까진 너끈할 줄 알았던 배터리가 다 닳은 모양이었다. 리연은 악보집을 에코백에 잽싸게 챙겨 넣고 연습실을 나섰다.

"아저씨?"

복도는 어두웠다. 멀리 누군가 서 있는 게 보였다. 알아서 잘 나갈 수 있다고 해도 당직 아저씨는 리연이 연습을 마칠 때쯤 연습실이 있는 후관 1층으로 오시곤 했다. 아저씨께 드리려고 리연은 비타500이랑 양갱 같은 걸 미리 챙겨 두었다.

"아저씨! 저 그래도 5분 정도 일찍 끝냈죠?"

아저씨는 말이 없었다. 눈이 어둠에 적응되는 데는 몇 초의 시간이 걸렸다. 저 사람은 당직 아저씨가 아니다. 생각이 스치는 순간 리연의 손바닥이 땀으로 축축해졌다. 일단 잠겨 있는 후관 1동 유리문으로 빠져나가야 했다. 스마트폰의 플래시를 켜서 그 사람 쪽으로 비춰 보는 게 좋을 것 같았다. 배터리가 없다는 게 떠올랐다. 하필 오늘은 후추 스프레이도 갖고 오지 않았는데. 리연은 에코백을 바닥에 내던지고 유리문을 향해 달려갔다. 검은 실루엣의 발걸음 소리도 리연의 뒤를 바짝 쫓았다. 터치 패드에 실수 없이 비번을 입력하는 거야. 제발. 순간 리연은 중심을 잃고 유리문 쪽으로 넘어졌다. 리연이 넘어져 뒹구는 사이 낯선 발걸음은 리연 앞에서 멈추었다.

"사, 살려 주세요!! 저희 집에 도, 돈 많아요. 당장 배, 배, 뱅킹으로 쏴 드릴게요. 제발 살려만 주세요!!!"

리연은 나동그라진 채 새된 목소리로 비명을 질러 댔다.

"아악!! 살려 주세요!!!"

"저, 저기요… 비번을 몰라서요…"

리연이 비명을 지르다 지쳐 잠시 멈췄을 때 귓가에 들려오는 건 여자애 목소리였다.

"에…? 누, 누구세요?"

리연은 양손을 짚어 몸을 일으켜 앉았다. 자세히 얼굴이 보이진 않았지만, 리연 앞에 서 있는 건 체구가 작은 사람이었다.

"저… 제가 이 시간까지 연습실에 있어 본 건 처음이라서요. 여기 갇혔어요. 비번 아세요?"

살짝 하이톤에 귀염성이 묻어나는 목소리였다. 리연은 안도감에 울음을 터뜨리며 바닥에 드러눕고 말았다. 리연과 미수의 첫 만남 이었다.

2.

로하아트고등학교는 전설적인 피아니스트 강호반이 사비를 털어 설립한 재단 소속의 학교였다. 여러 가지 루트로 모은 막대한 검은 재산을 세탁할 수단으로 학교를 만들었다는 소문도 돌았지만 근거 는 없었다. 국내는 물론 해외의 우수한 학생들이 로하아트고에 입 학하기 위해 안간힘을 쓰고 있었다.

리연이 예고로 진학한 것은 어쩌면 당연한 일이었다. 리연의 아 빠는 실용음악대 교수였고, 엄마는 지금은 전업주부지만 성악으로 독일 유학까지 마쳤으니 그야말로 자타공인 음악가 집안이었다. 그러나 학교에서 애써 외로움의 벽을 높이 세우고 있는 건 리연 자신이었다. 친구들은 고급스런 외모에 피아노 실력까지 갖춘 리연에게 본능적으로 끌렸다. 리연에게 접근해 온 친구들은 셀 수 없이 많았다. 리연이 친구들과 거리를 두기 시작한 건 어쩌면 부모님의 말씀 때문일지도 몰랐다. 제대로 음악가의 길을 가려면 예술에 매진하는 게 좋을 거라는 얘기였다. 리연 또한 그 말에 동조하는 모양새였다. 리연은 "난 세상을 뒤집을 피아니스트"라고 하루에도 몇 번씩 작은 소리로 중얼거렸다. 잠재적 경쟁자들과 마음을 트고 허점을 보여 줄 필요가 없다는 게 리연의 생각이었다. 그러던 리연에게 친구가 생긴 건 뜻밖의 일이었다.

미수가 로하아트고에 입학한 것은 그 누구도, 미수 자신조차도 떠올려 본 적 없는 일이었다. 여러 기적이 겹쳤기에 가능했을 터였다. 장기자랑 시간에 1분이 조금 넘는 〈왕벌의 비행〉을 피아노로 쳤던 것이 그 발단이었다. 미수는 학원을 다닌 적도, 심지어 악보를 읽었던 기억도 전혀 없었다. 음악 영화 《샤인》의 한 연주 장면을 유튜브로 반복해서 보며 학교 음악실의 구닥다리 피아노로 연습했던 게 전부였다. 미수의 재능을 발견한 건 미수가 다니던 중학교의 허연 꽁지머리 음악 선생 탁훈철이었다. 여태 예고 입시로 준비해 둔 게 없으니 농어촌 특별 전형을 노려 보자는 전략이었다. 훈철은 미수를 보며 자신의 어린 시절을 떠올렸다. 음악의 길로 가고 싶다는 말에 아버지는 하루빨리 돈 벌 생각은 안 하고 무슨 개소리를 하냐고 고함을 질렀다. 집안 말아먹을 궁리만 하냐고 따귀를 맞았던 기억은 아직도 잊히지 않았다. 농어촌 특별 전형은 의외로 전략적으로 준비한 도시 아이들이 사실상 점령하고 있는 판이라는 소식을 접하고 훈철은 미수를 올해 처음 생긴 '블라인드 특별 전형'에 지원하도록 도왔다. 세 번에 걸친 실기 시험도 가히 기적이라고 부를 만했다. 미수는 1차 자유곡, 2차 지정곡 부문에서 거의 만점에 가까운 점수를 획득했다. 3차 실기는 랜덤으로 주어지는 악보로 초견 연주하기 부문이었다. 사실 3차에서 미수는 탈락해야 했다. 악보를 못 읽는다는 미수의 말을 듣고 심사위원 중 한 명이 곡을 들려 줄 테니 듣고 따라 칠 수 있는지 보자고 제안했다. 미수는 귀에 들려오는 심사곡을 딱 한 번 듣고도 곡의 분위기를 완벽하게 살려 연주해 냈다. 미수의 재능에 깜짝 놀란 심사위원들이 만장일치로 만점을 주며 극적으로 합격이 결정되었다. 사람을 밀어내던 리연과 기댈 데 없던 미수가 단짝이 된 것도 뜻밖의 기적이었을 것이다.

3.

"'왕벌의 비행녀'가 이 반에 있다며? 누구냐?"

교실 문이 거칠게 드르륵 열리자, 모두 그쪽으로 시선을 돌렸다. 최정후. 뽀얀 얼굴에 훤칠한 키. 귀공자다운 외모와 달리 그렇지 못한 성격의 소유자. 아이돌 같은 외모에 뛰어난 연주 기교로 숏폼에 피아노 연주 영상만 올리면 조회수 몇십만은 우습게 돌파하는 애였다.

모두의 시선이 조용히 미수를 향했다. 미수에게 살갑게 말을 거는 아이도 없었지만, 〈왕벌의 비행〉 연주 영상을 안 본 아이도 없었다.

"너야?"

정후가 팔짱을 끼고 미수에게 눈을 맞추며 물었다.

"미수야. 넌 가만히 있어."

리연이는 왼손으로 일어나려는 미수의 오른쪽 어깨를 눌러 앉혔다.

"오우. 우리 학교 아르헤리치 서리연이 나서네? 얘가 니 꼬붕이냐? 시녀라고 해야 하나?"

정후가 빈정거리며 리연을 향해 돌아섰다.

"나 그런 거 몰라. 가만 있는 애를 왜 건드려."

떨리는 목소리를 애써 감추며 리연이 대꾸했다.

"아니지. 쟤가 가만 안 있었으니 이 몸이 여기까지 행차했지."

"뭔 소리야?"

"쟤 블라인드 특별 전형으로 들어왔다며. 뭐, 생기부 제출도 필요 없고, 검증도 안 된 실력으로만 뽑는다는?"

정후는 모두 들으라는 듯 신이 나서 줄줄 읊어 댔다.

"미수는 정당한 절차 거쳐서 우리랑 똑같이 입학한 거야. 괜히 트집 잡지 마."

리연은 눈을 똑바로 뜨고 정후를 노려보았다.

"똑같다니. 마음껏 뚫린 입이어도 말은 똑바로 해야지?"

정후가 양손으로 입꼬리를 찢어 올리는 시늉을 하며 빈정거렸다.

"미수에 대해서 뭘 안다고 그래?"

꽉 쥔 리연의 두 주먹이 바들바들 떨렸다.

"알지. 까막눈인 거. 쟤 악보 읽을 줄 모르잖아."

정후가 이번에는 두 손가락을 브이자로 만들고 자기 두 눈을 가리키며 말했다.

"…"

"다들 목숨 걸고 손가락에 피 나도록 입시 준비해서 우리 학교 들어온 거잖아? 어디서 굴러 들어온 쪼렙이 우리 학교 이름 팔고 다니면 말이야. 그 피해를 내가 입잖아."

정후는 다른 아이들의 동의를 구하는 듯 양팔을 벌리고 어깨를 으쓱했다.

"우리 학교 수준만 도매급으로 떨어지는 거지 뭐."

"게다가 전액 장학금 받는다며? 우리 부모님은 얼마 내시더라…?"

다른 아이들 몇 명도 기다렸다는 듯 거들었다. 정후는 악보집을 미수의 책상 위에 툭 던지며 말을 이었다.

"야, 김미수. 너도 할 말 있으면 해 봐. 악보집 아무 데나 펼쳐서 연주해 보든지. 그러면 내가 사과할게."

정후가 뾰족한 턱을 까딱하며 교실 앞 피아노를 가리켰다. 미수는 'Beethoven Sonatas'라고 적힌 노란 악보집을 떨리는 손으로 펼쳐 보았다. 보란 듯이 치고 싶다. 보란 듯이 악보를 읽어 내고 싶다. 미수는 속으로 되뇌었다. 뚫어지게 악보를 응시할수록 종이 위의 음표들은 개미 떼처럼 꼬물꼬물 기는 것 같았다. 얼굴이 새빨개진 미수는 의자를 박차고 교실 밖으로 달려 나갔다.

"기회를 줘도 못 먹어. 입속도 아니고 목구멍 속까지 떠먹여 줘야 하나?"

정후의 말이 끝나기도 전에 교실에 깔깔대는 아이들의 웃음소리가 메아리처럼 퍼져 나갔다.

"앗참, 내가 하나는 알고 둘은 몰랐네. 생각해 보니 '블라인드 특별 전형' 이름 참 잘 지었어. '까막눈 특별 전형'이라고 하면 딱일 것 같은데."

아이들의 잦아들던 웃음소리가 다시 커져 합창단의 중창처럼 여러 겹으로 울려 퍼졌다.

리연은 정후를 뒤로 한 채 교실을 빠져나왔다. 학교 구석구석을 뒤져 볼 생각이었다. 예상대로 미수는 등나무 아래 벤치에 앉아 어깨를 축 늘어뜨리고 있었다.

"미수야, 괜찮아?"

리연이 미수의 등을 감싸며 물었다.

"김미수. 아까 그 말에 신경 쓰는 거 아니지?"

"사실이니까. 나 악보 못 읽잖아."

미수가 담담한 목소리로 대답했다.

"야. 비틀즈도 악보 못 읽었대. 너, 비틀즈 알지?"

리연은 애써 고개를 숙여 미수와 눈을 마주치며 말했다.

"휴… 나는 비틀즈가 아니잖아."

미수의 목소리에선 여전히 화가 읽히지 않았다.

"아니, 그러니까 그런 게 중요한 게 아니라고. 그 애들 말은 그냥 흘려 버려."

리연이 애원하듯 미수를 달랬다.

"리연아. 나 있잖아."

미수가 조용히 잠긴 목을 가다듬었다.

"나 악보 못 읽는 거 사실이잖아. 걔들 말 틀린 것 없어. 기초도 없는데 우연히 실기 잘 봐서 들어왔으니까."

"미수야, 제발."

리연은 안쓰러운 마음에 울먹이며 말했다.

"아니, 아까 걔들 안 무서워. 나 사실 네가 그렇게까지 나 대신 화내 줄 줄은 몰랐어. 많이 놀랐어."

미수가 고개를 들어 리연과 눈을 맞추며 침착하게 말했다.

"야, 갑자기 뭐야! 당연하지, 니가 누군데. 서리연 친군데."

"그래서 나 이제부터 한번 잘해 보려고. 보란 듯이 까짓 악보 읽는 거 배우면 되잖아?"

미수의 목소리에 발랄함이 다시 감돌았다.

"너 쫌 쎄다? 내가 이래서 김미수 좋아한다니까."

리연은 속으로 가슴을 쓸어내리며 목소리를 한껏 높였다.

"리연아. 나 정말 많이 고마워."

미수가 고개를 살짝 숙이며 눈을 맞추지 못한 채 속삭였다. 리연의 얼굴도 발그스름해졌다.

4.

미수는 괴물 같은 이해력으로 음악의 기초를 습득해 나갔다. 다른 친구들이 유치원 혹은 늦어도 초등학생 때부터 십수 년 동안 쌓아 온 단단한 내공을 넘어선다는 건 어림도 없었다. 조바심이 나지 않는다면 거짓말이겠지만 단기간에 될 일도 아니었다. 서울 사람들은 이름도 기억하지 못하는 변두리 한주시에서 로하아트고에 진학한 건 자신이 최초였고, 아마도 마지막일 것이었다. 대학은 어림도 없으니 빨리 돈 벌어 오라고 닦달하던 아빠에게서 벗어나 기숙사에 머물 수 있는 것만으로도 미수는 분에 넘치게 기뻤다. S대 음대 진학 같은 건 버킷 리스트 언저리에도 없었다. 악보를 내 힘으로 읽을 수 있다니! 바흐와 모차르트, 베토벤에 슈베르트, 그리고 슈만…. 미수의 시선이 스치고 지나갈 때마다 하얀 악보 위 검은 음표와 악상 기호들은 종이에서 용수철처럼 튀어나왔다. 그러고는 이내 귓가에 다채로운 소리가 되어 꽂혔다. 미수는 이제 악보만 있으면 침묵 속에서도 음악을 들을 수 있었다. 한 곡씩 악보를 읽어 낼 때마다 아드레날린이 폭발하며 미수의 뒷목이 찌릿해지곤 했다. 연구해야 할 악보들이 산더미처럼 쌓여 있었지만 미수에겐 즐거운 숙제 더미였다. 주변에서 뭐라고 하는지 신경 쓰는 것도 사치였다. 이를 악물고 악보 읽는 법을 배웠던 건 어쩌면 '블라인드 거지'라고 조롱했던 애들 덕분일지도 몰랐다. 이젠 더이상 까막눈이 아니다.

5.

"내 손이 내 손이 아니면 좋겠다."

리연이 양손을 펼쳐 앞뒤로 팔락팔락 뒤집어 보며 말했다.

"그럼? 누구 손이면 좋겠어? 손도 다리도 이식할 수 있대. 으윽. 징그럽긴 해도."

미수가 웃음을 머금으며 물었다.

"후… 글쎄다. 탐나는 손이 너무 많아. 넌?"

리연이 귀 뒤로 머리를 넘기며 되물었다.

"일단 나는 리스트? 왕손이었다잖아."

미수가 잠시 망설이다 대답했다.

"손 크기로 하게? 그럼 나는 라흐마니노프 손 할래."

리연이 손을 공중에 펼치며 선언하듯 말했다.

"넌 손 크잖아! 바렌보임은 손 작아도 피아노 잘 쳤다니까 나도 쌀알만 한 희망을 가져 본다."

미수의 대답에 둘이 동시에 웃음을 터뜨렸다.

"우리끼리 손 바꿔서 연주해 보는 것도 재밌겠다."

리연이 미수의 작은 손바닥에 자신의 큰 손바닥을 갖다 대며 말했다.

"그러면 손 큰 네가 너무 손해 아냐?"

미수가 리연 손바닥 위에 자신의 손바닥을 한껏 뻗으며 말했다.

"그런데 넌 미신 같은 거 믿어?"

"미신?"

리연의 말에 미수가 대수롭지 않게 대꾸했다.

"흠, 미신이 아니라 그냥 괴담인가?"

제법 서늘한 바람에 추워진 미수가 교복 카디건 단추를 여미며 말을 이었다.

"뭔데 그래."

"우리 학교에서 누가 크게 다치면 그해 입시 초대박이 나온다는 거."

"야, 서리연! 니가 이런 걸 믿는다는 게 더 괴담이다!"

미수가 고개를 절레절레 저으며 킥킥댔다.

"생각해 봐. 작년에도 발레과 톱이었던 유호지 언니? 무릎 부상 때문에 결국 대입 실기 싹 다 포기했잖아."

"근데? 그게 뭐?"

"우연인지 모르지만 실력 고만고만했던 다른 언니들 입시가 다

대박 났지."

"무슨 대박? 어떻게?"

미수가 자세를 고쳐 앉으며 리연에게 물었다.

"자퇴하려던 언니, 슬럼프 빠진 언니, 뭐 이유는 다양한데. 유하여대랑 대한예종이랑 보란 듯이 합격했잖아. 다들 기적이라고 난리난리."

"대박이긴 하네."

"재작년도 만만치 않았대. 그 서양화 전공하던…."

미수가 리연의 말을 무 자르듯 탁 잘라 냈다.

"그만! 헛소리를 너무 들어서 그런지 배고프다 야. 떡볶이에 순대 콜?"

"튀김도 빼면 섭하다. 꼬마 김밥도."

리연과 미수는 교복 치마를 요란스레 탁탁 털며 교문으로 향했다.

6.

"피아노과 다 모였지?"

카랑카랑한 정아연 선생님의 목소리에 시끌벅적하던 아이들의 목소리가 금세 잦아들었다. 아이돌 메이크업 뺨치는 특유의 짙은 화장 때문에 '아메샘'이라는 별명이 붙었다.

"다들 뱅상 오베르 알지?"

학생들의 눈이 일제히 동그래졌다. 뱅상 오베르는 2년 이상 월드

투어 스케줄이 꽉 차 있는 정상급 피아니스트였다. 아이들은 대꾸 없이 일제히 숨을 죽였다.

"뱅상 오베르가 정말 어렵게 시간을 내셨어. 다음 주에 우리 학교에서 마스터 클래스가 있을 거다."

잠시 정적이 흘렀던 교실은 괴성으로 가득찼다.

"오오오오오올!!!"

"참, 1학년 마스터 클래스는 피아노 여자 수석 서리연, 남자 수석 최정후가 받는 걸로 알고."

아이들이 흥분 섞인 환호성을 질러 대며 교실은 일순간 폭죽이 터지는 듯했다.

"곡은 마에스트로께서 미리 알려 주셨다. 스트라빈스키 〈페트루슈카〉야. 얼마나 까다로운 곡인지 알지? 우리 학교 이름 빛낼 수 있도록 연습 철저히 하고."

로하아트고 입학 후 1학년들에게는 첫 마스터 클래스였다. 감히 돈으로도 환산할 수 없는 기회를 잡은 리연의 심박수는 100미터 달리기를 마친 후처럼 치솟았다. 창가에 앉은 미수 쪽으로 고개를 돌렸다. 미수가 촐싹거리며 양쪽 눈을 번갈아 리연에게 윙크하고 있었다. 그 모습을 본 리연은 웃음이 절로 났다. 든든했다. 하지만 그게 다가 아니었다. 로하아트고의 최고 피아니스트가 누군지 모두에게, 특히 미수에게 보여 줄 각오가 되어 있었다.

뱅상 오베르의 마스터 클래스 당일 아침, 피아노과 1학년생들은 지나치다 싶을 정도로 일찍 소강당에 모여 있었다. 웅성거리는 소리는 사뭇 상기되어 있었다. 뱅상 오베르가 문을 열고 들어오자 소강당은 박수 소리와 함성으로 축제 분위기가 되었다. 남색 팬츠와 셔츠 위에 회색 캐시미어 카디건을 걸친 채였다.

"봉주르, 안녕하세요?"

우리말 인사를 내뱉자 기대감 섞인 아이들의 꺅꺅대는 소리가 소강당을 가득 채웠다. 그는 매력적인 음성에 영어와 프랑스어를 적절히 섞어 쓰고 있었다. 옆에 통역사가 있었지만 통역사가 우리말로 옮겨 주기도 전에 아이들은 이미 다 알아듣는 눈치였다. 먼저, 정후의 순서였다. 정후는 거들먹거리던 평소와는 달리 긴장한 기색이 역력했다. 도입부부터 실수를 하기 시작하더니, 미스 터치가 계속되자 안절부절못하며 겨우 연주를 끝냈다.

"흥미로운 연주였어요. 아주 열정적이에요."

마에스트로 뱅상은 온화한 미소를 지으며 최대한 예의도 놓치지 않겠다는 식의 감상 소감을 밝혔다. 뱅상은 그러면서도 정후의 실수를 빠짐없이 짚고 넘어갔다. 눈치 없는 아이들은 정후가 지적을 받을 때마다 그 얼굴을 집요하게 관찰했다. 정후는 움찔움찔하면서도 진지하게 마에스트로의 지도를 열심히 받아 적는 모습이었다.

다음은 리연의 차례였다. 일주일이라는 짧은 시간이었지만 잠을 줄여 가며 연습한 리연이었다. 〈페트루슈카〉의 피아노 공연 실황은 물론이고, 발레 공연까지 빠짐없이 보며 곡의 분위기를 몸에 흡수하고 싶었다.

"마드모아젤, 준비되면 언제든지."

뱅상의 말에 리연은 천장을 보며 심호흡을 한 번 하고 망설임 없이 첫 건반을 눌렀다. 정후의 연주와는 달리 리연의 연주에는 빈틈이 전혀 보이지 않았다. 깔끔한 음 처리와 단정하고도 힘 있는 타건, 과연 리연에게 어려운 곡이란 없어 보였다. 리연의 연주가 끝나자 피아노를 둘러싸고 있던 아이들이 박수와 함께 환호성을 질렀다. "브라바! 브라바!" 마에스트로도 만족스러운 듯 환한 미소를 지었다.

"정말이지 완벽했어요. 아주 독창적인 해석이었고요. 테크닉 쪽으로는 내가 덧붙일 말이 없을 정도네요."

찬사와 함께 뱅상은 몇 군데 조언을 담은 연주를 선보였다. 리연은 벅찬 마음에 정신이 없으면서도 마에스트로의 코멘트를 부지런히 받아 적었다.

"아, '대박' 역시 서리연 넘사벽!"

부러움이 담긴 아이들의 낮은 속삭임이 수런수런 들려왔다. 뱅상이 갑자기 통역사 귓가에 말을 전하는 것이 보였다. 통역사는 집중해서 듣더니 오늘따라 화장이 더 짙은 아메샘을 바라보며 물었다.

"마에스트로 뱅상께서 한 명 더 지도할 수 있다고 하는데요. 시간이 괜찮냐고 물으시네요."

통역사의 말이 끝나자마자 아이들은 "한 명 더! 한 명 더!"를 연호하며 아메샘을 졸랐다.

"당연하지요. 너무 영광입니다."

아메샘이 대답하자, 아이들이 기쁨의 괴성을 질렀다.

"해 볼 사람 있어요?"

뱅상은 피아노와 1학년생들을 쭉 한 번 둘러보며 물었다. 의외로 손을 드는 학생이 없었다. "정말 없어요?" 뱅상이 재차 묻자, 몇 명이 손을 들었다. 덩달아 미수도 손을 들었다. 마스터 클래스가 어차피 소수의 선택받은 아이들을 위한 자리란 건 분명히 알고 있었다. 자신이 레슨을 받진 못하더라도 최소한 이 곡을 충분히 이해하고 싶었다. 마스터 클래스 소식을 알자마자 조심스레 연습을 했던 미수였다. 진지한 시작은 아니었지만 난이도가 높은 곡인 탓에 연습이 쉽지 않았던 게 사실이었다. 손을 든 아이들이 조용히 마에스트로의 선택을 기다리고 있었다. 다시 없을 기회였지만 자기를 뽑아줄 리는 없다고 생각한 미수는 마음을 내려놓은 터였다.

"앞으로 나와 주시겠어요?"

마에스트로가 미수의 눈을 바라보며 피아노 쪽으로 손짓을 했다. 아이들은 어깨를 으쓱하며 옆 친구들과 급하게 눈빛을 주고받았다. 예상치 못했던 일이었다. 미수는 당황하여 눈을 깜빡거렸다.

"왜 하필 쟤냐고."

"외국 분이라 참 편견 없으셔. 그치?"

작지만 귀에 콱 꽂혀 오는 목소리들이었다. 미수를 충분히 뒤흔들고도 남을 눈빛과 수군거림. 미수는 피아노 의자에 앉아 자세를 잡았다. 모아 쥐었던 양손을 풀어 건반 위에 손가락을 얹었다. '후욱' 하는 들숨과 함께 미수의 열 손가락이 건반 위를 미끄러지듯 쓸고 지나갔다. 이상할 정도로 마음이 침착해졌다. 실수를 해도, 지적을 받아도 상관없었다. 어차피 깎여 나갈 실력이란 것도 애초에 없었으니까.

연주를 끝냈지만 누구도 박수를 치지 않았다. 내세울 것 없는 실력에 열렬한 호응이 있을 거라고 기대하진 않았지만 이렇게 대놓고 침묵할 정도라고? 미수는 민망함을 숨기며 의자에서 일어나 마에스트로 뱅상 앞에 섰다. 뱅상의 얼굴에 웃음기가 전혀 없었다. 잠시 뜸을 들이던 마에스트로는 미수에게 짧게 질문을 던졌다.

"언제 피아노를 처음 배웠나요?"

수치스러움은 미수의 얼굴에 노을빛을 들였다. 내 근본 없는 실력은 숨길 수도 버릴 수도 없는 건가.

"…1년 …1년 반 전쯤에 처음 배웠어요."

그 말에 뱅상은 크게 탄성을 질렀다.

"역시 그랬군요! 어메이징, 어메이징, 경이로워요! 마드모아젤의 연주에는 아직 가공하지 않은 원석 같은 거칠면서도 야성적인 아름다움이 있어요."

뜻밖의 반응에 모두가 멍한 표정을 짓고 있었다.

"이름이 뭐지요?"

"미수. 미수 킴입니다."

긴장한 미수가 말을 더듬었다.

"미수 킴. 멋진 이름이군요."

뱅상은 미수에게서 눈을 떼어 다른 아이들을 쭉 둘러보며 의미심장한 미소를 지었다.

"다들 이 이름을 기억해야 할 겁니다. 아니, 기억하지 않아도 돼요. 미수 킴은 모두를 압도하는 탁월한 피아니스트가 될 테니까요. 내 예감은 틀리지 않아요."

미수는 자신의 귀를 의심했다. 내가 뭘 들은 거지? 그건 다른 1학년생들도 마찬가지였다. 모두가 얼떨떨한 표정을 짓고 있는 가운데, 동그란 얼굴에 성격이 서글서글한 동희가 먼저 입을 떼었다.

"김미수, 찢었다!"

"스트라빈스키 빙의했네 오늘!"

갖가지 찬사가 뒤를 이었다. 모두가 손바닥이 빨개지도록 박수를 치며 기분 좋은 고함을 질러 댔다. 블라인드녀의 화려한 신고식이었다. 리연은 박수를 치다 자신도 모르게 살짝 휘청거렸다. 오늘의 주인공은 당연히 서리연 자신이어야 했다. 미수가 그렇게 잘 쳐서는 안 되는 거였다. 어제도 오늘도 그렇게 잘 쳐서는 안 되는 거였고, 영원히 그랬어야 했다.

7.

"미수야, 미수야아. 잠깐만 얘기할 수 있어?"

머리를 높이 포니 테일로 묶은 현진이가 달려와 미수의 등을 톡톡 두드렸다.

"어, 무슨 일 있어?"

목 뒤를 살짝 긁으며 미수가 물었다.

"혜- 아니 별건 아니고. 너 나랑 드뷔시 연탄곡 한 번 같이 연습할래? 지난번 마스터 클래스 때 나 너 다시 봤잖아."

현진이가 생글생글 웃으며 애교 섞인 목소리로 말했다.

"아! 그때 별거 아니야. 그래도 고마워."

미수가 이번엔 반대쪽 귀 아래를 긁적거리며 말했다.

"그래서? 대답은? 나랑 같이 쳐 줄 거야앙?"

현진이가 양손을 부여잡고 다시 물었다.

"그, 그래. 나 잘 못 치는데. 너만 괜찮으면."

미수가 쑥스럽게 웃으며 대답했다.

"오키. 취소하기 없기! 미수야, 고마워!"

현진이가 손을 흔들며 교문 쪽으로 도도도 달려가자 기다리던 보민이도 멀리서 외쳤다.

"미수야, 미수야! 나랑도! 나중에!"

대화를 마친 미수가 수줍은 듯 웃으며 리연의 팔꿈치를 잡았다.

"넘 민망해서 미치겠다. 리연아, 가자."

현진도 보민이도 학년 초에 리연과 친해지고 싶어 안달하며 접근해 왔던 아이들이었다. 당연히 실력도 리연과 비교할 수준이 아니었다. 그랬던 아이들이 이제는 미수에게 접근해 같이 한 번만 연습을 해 달라고 부탁하고 있었다. 리연은 오늘 생리를 시작해서 편두통이 있다고 미수에게 아무렇게나 둘러대고 서둘러 교문 앞에서 발걸음을 재촉했다. 같이 하교할 기분이 아니었다.

8.

매년 6월은 로하아트고 교내 음악 콩쿠르로 학교가 들썩거렸다. 국내 최고의 예술고등학교인 만큼, 말 그대로 피 튀기는 경쟁이었다. 교내 콩쿠르는 입상 기록이 생기부에 기재되는 건 물론이고, 클래식 잡지 『더 페르마타』 7월호 특별취재 기사로 실리는 굵직한 연례행사였다. 무엇보다도 로하아트고 학생들을 가장 흥분시키는 교내 콩쿠르 대상 혜택은 따로 있었다. 로하아트고는 국내 최고 수준의 예술고답게 배출된 졸업생들의 수준도 상당했다. 쇼팽 콩쿠르 공동 2위를 차지한 문경빈, 부조니 콩쿠르 우승을 거머쥔 하소진을 비롯하여 비올리니스트 출신의 세계적인 지휘자 공지혜 등이 그들이었다. 학교 전통이 짧지 않은 만큼 월드 클래스 수준의 졸업생들은 일일이 언급할 수 없을 정도로 많았다. 교내 콩쿠르 우승자 중 부문과 관계없이 심사위원 합산 점수를 가장 높이 획득한 참가자는 로하아트고 출신 현역 음악가와 협연을 하게 된다. 세계적인 선배

음악가와의 협연은 그야말로 엄청난 기회였다.

　로하아트고에 입학하기 전부터 리연은 교내 콩쿠르에 대해 아주 잘 알고 있었다. 부모님은 딸이 초등학생 때부터 눈 감고도 쳐 내던 쇼팽 에튀드 중 한 곡을 치길 바랐다. 하지만 리연의 생각은 달랐다. 선곡 과정에서도 아이들의 신경전은 대단했다. 괜히 유명하고 흔한 곡을 선택했다간 더 뛰어난 아이들과 비교당할 가능성이 있었다. 반면 야심차게 난이도가 높은 곡을 골랐다가 실수라도 하면 그야말로 멸망을 자초하는 꼴이 될 것이었다. 리연은 라벨의 〈라 발스〉로 마음을 굳힌 지 오래였다.

　"리연아, 콩쿠르 곡 정했어?"

　"휴, 고민이야 진짜. 부모님 말씀도 그렇고 아무래도 내가 제일 자신 있는 게 쇼팽이긴 해서. 쇼팽 에튀드 중에 하나 고를까 싶어."

　리연은 괜히 마음에도 없는 쇼팽 얘기를 꺼냈다.

　"정말? 서리연은 쇼팽이지. 네가 각 잡고 쇼팽 치면 아무도 못 이길걸?"

　미수는 폴짝 뛰며 이미 우승이 확정된 마냥 기뻐하는 눈치였다.

　"에이. 나 요새 감 확 떨어졌어. 연습량 절대 부족. 미수 너는?"

　"알잖아. 히히. 나는 칠 수 있는 곡이 사실 거의 없어. 암보 되는 곡 중에 고를라구. 무난하게 베토벤? 슈만? 모르겠다!"

　"좋아! 우리 일단 둘 다 나가는 걸로!"

"고고고!"

콩쿠르 아침엔 평소에 볼 수 없었던 긴장감이 학교 전체를 감싸고 있었다.

"우리 리연이. 평소 실력대로만 치면 입상인 거 알지?"

아빠가 리연의 어깨를 양손으로 감싸며 말했다.

"실력대로만 쳐서 어떡해. 더 잘 쳐야지. 실수도 실력이다? 멘탈 꽉 잡자. 서리연?"

엄마가 눈썹을 찡긋하며 리연을 꼭 끌어안았다. 이번 콩쿠르는 유례없이 많은 참가자들이 지원해 그 열기가 대단했다. 미수는 참가번호 7번, 리연은 9번이었다.

"김미수! 나비처럼 날아서 왕벌처럼 쏘는 거야, 오키?"

리연은 목소리를 한껏 높이며 미수를 응원했다.

"리연이 네가 우승인 건 너도 알고 나도 알고 부처님도 알아! 원래대로만!!"

둘은 호들갑을 떨며 양손을 부여잡았다.

객석에는 참가 학생들의 학부모는 물론, 미리 허가를 받은 기자들도 자리하고 있었다. 참가자들의 수준은 상당했지만 마음의 중압감을 이겨내지 못하는 모습들도 적지 않았다. 인상적인 연주도 있었으며, 실수를 하거나 긴장하여 연주가 잠시 중단되는 경우도 있었다.

"참가번호 7번, 1학년 김미수 학생입니다. 참가곡은 라벨의 〈라발스〉입니다."

마이크를 잡은 교무부장 선생님의 목소리가 들렸다. 라벨? 라 발스라고? 리연은 자신의 귀를 의심했다. 분명 미수는 베토벤이 나을 거라고 했다. 객석의 박수 소리가 잦아들고 어느새 미수가 건반을 두드리기 시작했다. 이건 단순히 연습량의 누적으로 나올 수 있는 연주가 아니다. 강당 속에 드레스 자락을 너울거리며 춤을 추는 여자가 누비는 듯했다. 연주가 절정을 지났을 때 리연은 숨을 헐떡거리고 있었다. 미수의 연주는 미치도록 아름다웠다. 연주를 마친 미수가 수줍게 웃어 보였다. 미수가 고개를 이리저리 돌리며 객석을 바라보는 듯했다. 리연은 급히 고개를 숙였다. 눈을 마주쳤다간 곡을 쳐 보기도 전에 지는 기분이 들 것 같았다.

참가번호 8번이 어떤 곡을 쳤는지도 리연은 기억하지 못했다. 나는 최고다. 로하아트고에서 지금 나보다 잘 치는 애는 없다. 너도 알잖아. 없어. 리연은 혼자 중얼거렸다. 단상에 올라 고개 숙여 인사하고 나서 리연은 서둘러 자세를 잡았다. 건반 하나를 누를 때마다 온 정성을 다했다. 한 음이라도 틀리면 불구덩이에라도 떨어진다는 소리를 들은 사람처럼. 리연은 완벽 그 이상의 연주를 해냈다. 안도의 한숨이 나왔다. 역시 나는 나야.

"이제 로하아트고등학교! 피아노 부문! 마지막 발표만을 남기고 있는데요! 호명된 참가자는 단상으로 올라오시기 바랍니다."

어느새 저녁 시간을 훌쩍 넘긴 시간이었다. 3위는 2학년 지수원, 베토벤 소나타 17번 3악장 〈템페스트〉. 3위가 발표되자 객석에서 와! 소리가 터졌다. 지수원은 미소 짓고 있었지만 살짝 실망한 듯도 보였다. 강력한 우승 후보 중 하나였다. 리연은 이제 긴장이 되었다. 언제 이름이 불릴지 모르니 너무 넋 놓고 앉아 있을 일은 아니었다.

"2위는 1학년 최정후 학생 축하드립니다, 쇼팽 발라드 4번을 환상적으로 연주해 주었지요!"

역시 최정후였다. 객석은 터지기 직전의 풍선처럼 긴장이 최고조에 달해 있었다. 이제 1위 발표만이 남아 있었다. 모두가 숨을 죽였다. 리연은 엉덩이를 살짝 들며 단상 위로 올라갈 준비를 하고 있었다.

"모두 박수로 맞아 주십시오, 1위는 바로 1학년 김. 미. 수! 믿어지지 않는 수준의 〈라 발스〉 연주였습니다. 우승 축하드립니다!"

털썩, 소리를 내며 리연은 다시 의자에 몸을 묻었다. 미수가 두 손으로 발갛게 달아오른 얼굴을 감싸며 무대 위로 올라갔다. 기자들이 플래시를 연신 터뜨렸다. 서리연은 덤덤히 중얼거렸다. 알고 있었잖아. 너무나도 예상하던 일이잖아. 턱 아래로 눈물이 흘러내렸다. 리연은 눈물이 흘러내려도 닦지 않았다.

9.

미수는 리연과 단둘이 연습실에 있는 순간이 좋았다. 연주에 몰두해 있는 리연의 속눈썹은 길고도 아름다웠다. 화목한 가정에 오로지 딸의 행복만을 바라는 부모님과 쾌적하고 넓은 집. 단 한 번의 망설임도 없이 꺼내 긁을 수 있는 신용카드와 커다란 로고가 새겨져 있지 않아도 단번에 싸구려가 아님을 알 수 있는 리연의 신발과 가방들. 무엇보다도 리연은 미수가 그런 것들을 탐내는 것조차 모르고 있을 터였다. 그저 올곧게 피아노만 바라보는 심지 곧은 리연이 좋았다. 저런 리연도 고민이란 걸 할까. 미수는 부쩍 말이 없어진 리연이 신경 쓰였다. 입은 웃고 있었지만 눈엔 분명 무언가 울적한 생각이 고여 있었다. 미수는 담임에게 생리통이 심해 조퇴를 한다고 말해 두었다. 리연은 손가락 건초염 때문에 병원에 가겠다고 말하기로 입을 맞춰 두었다. 모처럼 낸 둘만의 시간이었다.

"서리연! 너 요새 슬럼프야?"

전동 킥보드를 타고 앞을 응시한 채로 미수가 물었다.

"나? 난 늘 슬럼프야! 미수 너는?"

킥보드 뒤에 타고 미수의 허리춤을 끌어안은 리연이 되물었다.

"휴, 실력은 느는 것 같은데 왜 이렇게 괴로울까? 나만 이래?"

미수가 웃음 섞인 목소리로 뒤를 돌아보며 리연에게 동의를 구하던 바로 그때였다. 킥보드가 순간 중심을 잃으면서 왼쪽으로 쓰러졌다. 쓰러진 둘을 미처 보지 못한 택시가 속도를 줄이지 못한 채

이쪽을 향했다.

"끼이이이익!"

정신이 든 리연의 눈에 미수가 보였다. 리연은 조심스럽게 다리를 움직여 보았다. 몸이 욱씬거렸다. 미수는 피투성이가 된 왼손을 오른손으로 감싸 쥐고 있었다. 쓰러진 전동 킥보드 주변으로 둘의 신발과 가방, 소지품이 혈흔과 함께 어지럽게 널부러져 있었다. 의식은 있었으나, 미수의 얼굴은 창백했다. 누군가가 신고를 한 모양인지, 어느 정도 시간이 경과한 후 앰뷸런스가 도착했다.

"이쪽 환자 출혈이 심합니다. 지혈부터요!"

구급대원들이 넋이 나간 미수를 구급차 안으로 긴급히 옮겼다.

"다친 학생이 의식이 있으니, 보호자에게 저희가 연락하겠습니다. 학생분도 병원에 가셔야 해요. 큰 부상은 없어 보이지만 안심하시면 안 돼요."

여자 구급대원이 빠르고 분명한 목소리로 리연에게 말했다.

"그럴게요."

사고를 구경하려는 인파가 적잖이 모여 있었다. 리연은 다리를 절뚝거리며 바닥에 어지럽게 흩어진 피가 묻어 더러워진 핸드폰, 블루투스 이어폰, 필통과 다이어리 등을 쓸어 담아 주섬주섬 백팩에 집어넣었다. 물컹, 하는 불쾌한 감각이 손에 느껴졌다. 리연은 가방속에 그것을 넣다 말고 미세하게 떨고 있는 자신의 손을 바라보았다. 몇 번째 것인지 육안으로 바로 알아보기는 어려웠다. 하지만 그것은 분명 미수의 손가락이었다. 리연은 숨을 헐떡거렸다.

"악!"

소스라치게 놀라 바닥에 주저앉았지만 리연은 그것을 가방에 잽싸게 챙겼다. 팔다리나 손가락이 절단되어도 신속하게 수술하면 봉합이 가능하다는 얘길 어디선가 들은 적이 있었다. 어서 병원으로 가지고 가야 해. 사이렌 소리가 가까워지고 있었다. 사람들은 리연을 실어 갈 두 번째 앰뷸런스가 모습을 드러내자 안심하는 눈치였다. 리연은 최대한 빠른 속도로 좁은 골목길로 뛰쳐 들어갔다.

"학생! 저기요! 앰뷸런스 왔어요!"

놀란 사람들이 리연을 보호하려고 골목길로 쫓아오고 있었다. 시간이 없었다. 리연이 그 골목길 음식물 쓰레기 수거함 앞에 쪼그리고 앉아 뭘 하려고 하는지 아는 사람은 없었다. 하지만 리연은 똑똑히 알았다. 리연은 오른손을 들어 왼쪽 가슴에 살며시 손을 얹었다. 거친 숨결이 차분해지며 정신이 한결 또렷해졌다. 다시 오지 않을 기회잖아. 정말 한 번쯤은 솔직해져도 되는 거 아니야? 이 손가락을 마지막으로 본 사람이 나였으면 좋겠어. 가방에 손을 거칠게 넣고 리연은 그것을 꺼냈다. 그리고 이내 입으로 집어넣었다. 비릿한 냄새가 났다. 리연은 주저하지 않고 그것을 꿀꺽, 삼켰다.

"다친 곳이 있을 수 있어요. 얼른 앰뷸런스 쪽으로 가요. 일어날 수 있겠어요?"

사람들이 숨을 헐떡이며 리연 쪽으로 다가왔다. 리연은 천천히 일어나 앞의 아주머니가 뻗은 손을 잡았다.

"저… 목이 너무 마른데 물 좀 마실 수 있을까요?"

그 옆에 있던 대학생이 서둘러 가방에서 반쯤 차 있는 생수병을 건넸다. 리연은 물을 한 모금 꼴깍 넘겼다. 그러고는 남은 물을 모조리 마셔 버렸다. 물이 달았다.

10.

첫 증상은 단순히 왼손바닥이 가려운 정도였다.

약사는 리연의 손바닥을 제대로 보지도 않았다. 손에 핸드크림은 종종 바르냐고 심드렁하게 묻더니 건조해서 그런 거라고, 아침 점심 저녁 하루 3회 연고를 챙겨 바르라고 했다. 손바닥 한가운데 둥글게 종기 같은 것이 올라오기 시작했을 때 리연은 비로소 병원을 찾았다. 피부과 의사는 사무적인 태도로 혹시 직업이 뭐냐고 물었다. 피아노를 친다는 리연의 말에 그럴 줄 알았다는 듯 기록지에 알아볼 수 없는 글자를 끄적였다.

"지방종으로 보이거든요. 귀나 등에도 나는 경우가 있어요. 저절로 사라지는 게 대부분이니까 기다려 보시고, 생활에서 불편할 정도로 커지면 다시 오세요. 수술하면 간단히 제거되니까요."

심각한 건 아니라니 천만다행이었다. 하지만 가려움에다 욱신거림이 더해져, 연습에 불편함이 없다면 거짓말이었다. 첫 리사이틀이 얼마 남지 않았다.

한국의 아르헤리치, 서리연의 첫 리사이틀 전석 매진!
클래식계의 아이돌 서리연, 첫 단독 공연 천상의 얼굴로 악마의 연주력
뽐낸다!

각종 일간지와 인터넷 뉴스에 리연의 첫 리사이틀 소식이 올라오고 있었다. 15만 원을 훌쩍 넘기는 티켓 가격에도 표를 구하지 못해 발을 동동 구르는 팬들이 많았다. 빼어난 연주 실력은 물론이고 아직 고2밖에 되지 않은 리연의 늘씬하고 예쁜 외모가 인기에 한몫하는 것도 사실이었다. 첫 공연인 만큼 프로그램 구성에도 신경을 썼다. 바흐와 리스트, 현대 음악 중에서는 바르토크까지, 대중적인 곡과 흔치 않은 곡까지 골고루 배치한 선곡표였다.

손바닥의 지방종은 조금만 움직여도 손을 뻐근하게 했다. 점점 크기가 커지고 있었다. 더 커지면 다시 피부과로 가 간단히 지방종을 제거하는 수술을 받는 편이 나을 것이었다. 리연은 왼손이 심하게 가려워 한참을 뒤척이다 겨우 잠들었다.

이튿날 아침, 리연은 눈을 뜨기도 전에 왼손을 가볍게 움찔거려 보았다. 가렵지도 뻐근하지도 않은 느낌에 미소가 절로 났다. 지방종은 보통 저절로 사라지니까 걱정 말라던 의사의 말이 떠올랐다.

역시 전문가는 전문가야. 그제야 기분 좋은 목마름이 느껴졌다. 손을 뻗어 침대 옆 협탁에 있는 유리잔을 잡았다. 리연은 이상한 감각에 잔을 놓쳤다. 잔이 바닥 위에 떨어지며 물이 카펫을 축축이 적셨다.

그것은 정확히 왼손바닥의 정중앙에서 수직으로 자라나 있었다. 언뜻 보아도 그것이 엄지나 새끼손가락이 아니라는 것은 알 수 있었다. 손톱의 형태가 온전한 손가락 한 마디가 손바닥 중앙에 단단히 자리 잡고 있었다. 리연은 본능적으로 오른손으로 왼손을 가리고 주변을 둘러 보았다. 방문은 닫혀 있었다. 오른손으로 그 한마디의 손가락을 잡아당겨 보았지만 뽑힐 기미는 없었다. 허겁지겁 서랍에서 커터칼을 꺼내 들었지만 이내 던져 버렸다. 괴손가락 제거 수술을 받는다고 해도 공연 당일까지 회복될지 확신할 수 없었다. 지저분하게 번져 갈 소문은 더욱 무서웠다. 리연에게는 선택권이 없었다.

공연까지는 겨우 일주일이었다. 리연은 공깃돌을 매만지듯이, 왼손바닥에 난 그것을 이리저리 움직여 보았다. 불행 중 다행이었을까. 괴손가락은 잠자코 있을 뿐 미동조차 없었다. 리연은 건반 위에 손을 올린 채 고개를 숙여 손등을 내려다보았다. 다행스럽게도 그 각도에서는 여섯 번째 손가락이 보이지 않는다. 됐어. 중요한 건 아무도 이 사실을 모른다는 거고, 연주만 잘하면 돼. 두려워할 시간조차 낭비할 수 없었다.

일인자의 자리를 꿈꾸는 건 잔인한 일이다. 리연은 알았다. 리사이틀이 끝나면 공연장을 가득 채운 자신의 팬들은 앞다투어 SNS에 글을 쓸 거라는 걸. 인증샷에 해시태그까지 달아 가며 최고의 공연이었다며 후기를 올려 대겠지. 하지만 리연은 이것 또한 분명히 알고 있었다. 악보에 표기된 대로 정확히 연주하는 것 이상의 무언가가 필요하다고. 100퍼센트 충만한 연주는 대체 가능한 걸까. 그렇다면 지금은 몇 퍼센트의 연주를 하고 있는 걸까. 98퍼센트? 거의 다 온 것이 아니다. 나머지 2퍼센트는 죽을 때까지 결코 채우지 못하는 연주자가 대부분일 테니까.

여느 피아니스트처럼 리연도 '이제 그만'과 '한 번만 더' 사이에서 왕복 달리기를 했다. 채워지지 않는 아득함을 향한 몸부림을 닮은 연습이었다. 오늘은 이게 마지막이야. 눈을 감고 양손을 피아노에 가지런히 올렸다. 속으로 박자를 카운트하고 고개를 들며 첫 건반을 눌렀다. 리연은 연주 영상 속 자신의 표정을 보면 항상 낯설었다. 내가 저런 웃긴 표정을 짓는다고? 머릿속에서만 존재하는 완벽한 연주를 위해서 리연은 완벽한 몰입을 해야 했다. 조금이라도 그 몰입이 깨질 때는 연주가 금세 엉망이 됐으니까. 리연은 고개를 좌우로 흔들며 잠시 딴생각에 빠진 자신을 탓했다. 하지만 정신을 차렸을 때 양손은 리연의 의지와 관계없이 물 흐르듯 움직이고 있었다. 손가락이 움직이는 감각이 있었으나, 놀랍게도 리연은 전혀 애쓰고 있지 않았다. 오른쪽으로 고개를 돌려 전신 거울을 바라보았다. 리연은 당혹스런 표정을 지은 채, 연주하고 있었다. 아무리 애써도 채울 수 없던 2퍼센트의 연주. 왼손바닥에 터를 잡은 한 마디짜리 괴손가락이 가진 은밀한 힘은 리연에게 다가온 비밀스런 선물이자 축복이었다.

협찬사의 지원을 받아 주문 제작한 베라 왕 디자이너 드레스는 리연의 몸에 꼭 맞았다. 비가 내릴 거라는 일기예보가 빗나가며 날씨는 쾌청했고 컨디션도 최고였다. 리연은 왼손을 꼭 쥐었다 펼쳐 손바닥의 괴손가락으로 드레스의 부드러운 촉감을 살며시 느껴 보았다. 예감이 좋았다. 모두가 착석하고 리연이 입장하자 환호성과 함께 박수가 울려 퍼졌다. 리연이 피아노 의자에 앉아 자세를 잡자, 관객들이 괜히 마른기침을 터뜨리고 목을 다듬었다. 기침이 잦아들자 리연은 속으로 박자를 카운트하고 첫 들숨과 함께 연주를 시작했다.

기대했던 것처럼 손가락은 일사불란하게 움직여 주었다. 한 치의 망설임도 없는 연주였다. 바흐 〈골드베르크 변주곡〉은 무려 서른 곡이었다. 아름다운 리연의 선율이 흐르자 콘서트홀 구석구석의 공기가 변했다. 가히 아름다운 연주였다. 1부가 끝나고 15분의 인터미션 동안에도 로비를 가득 메운 관객들의 흥분은 가라앉지 않았다. 리연은 침착했다. 리스트의 12곡짜리 〈초절기교 연습곡〉은 최고의 집중력이 필요한 곡이었다. 그리고 오늘은 리연의 피아노 인생 역사상 최고의 날이 될 터였다. 초절기교 5곡인 '도깨비불'을 연주할 때는 관객들이 감탄하며 끙끙 앓는 소리마저 여기저기서 들려왔다. 초절기교 6곡인 '환영'에 이어 7곡 '영웅'이었다. 악보가 새카매지도록 연구했던 곡이니만큼 자신이 있었다. 절정 부분의 연주를 앞두고 리연은 더욱 크게 숨을 들이쉬었다.

정확히 그때부터였다. 손가락은 더이상 움직이지 않았다. 일부러 뜸을 들여 리연이 극적인 연주를 하는 줄 알고 기다렸던 관객들은 연주가 완전히 중단되자 웅성거리기 시작했다. 리연은 왼손을 뒤집어 손바닥 한중간을 차지한 괴손가락을 노려보았다. 최고의 피아니스트도 실수를 한다. 늘 있는 일이야. 어떻게든 곡을 마무리해야 했다. 네놈 재주 따위 필요 없다고. 이제 내가 직접 쳐. 리연은 다시 양손을 피아노 위에 올렸다. 하지만 열 손가락, 아니 열한 손가락은 꿈쩍도 하지 않았다. 리연이 이를 앙다물고 양손을 위로 들어올렸다 다시 건반 위에 올렸다. 연주는 다시 시작되지 않았다. 지켜보던 스태프들이 다급하게 리연 쪽을 향해 달려갔다. 커튼콜도 없는 공연이 될 줄은 리연도, 관객들도 미처 알지 못했다.

11.
리연의 아빠는 냄새를 잘 맡는 언론들보다 더 민첩하게 움직였다. 모든 공연을 취소하고 알음알음 친분이 있는 기자들에게 서둘러 연락했다. 아직 청소년 연주자인만큼 첫 리사이틀의 압박이 컸을 뿐이라고, 너그러운 마음으로 신인 피아니스트의 행보를 지켜봐 달라고 통화를 마쳤다. 기사 하나면 뜨면 내용을 그대로 복붙한 유사 기사들이 금방 올라올 터였다. 엄마는 리연의 왼손바닥에 한가운데를 차지한 그것을 보자마자 기절했다. 미친듯이 오열하며 폐인이 되었던 리연의 엄마가 정신을 차린 건 겨우 며칠 전이었다. 비밀스럽게 독일 최고의 정형외과 진료를 긴급히 잡은 건 리연의 엄마였다. 독일에서 성악 유학을 했던 터에 인맥이 있었던 덕분이었다.

리사이틀이 엉망이 되고서 리연은 계속 미수를 떠올렸다. 손가락 절단 사고를 겪고도 미수는 주저앉지 않았다. 인공손가락 이식은 성공적이었고, 더이상 피아노를 칠 순 없었지만 일상생활에는 문제가 없다고 했다. 재활 및 회복을 위해 한참의 공백이 생기고 미수는 피아노과에서 작곡과로 과를 옮겼다.

장시간의 비행에다 시차가 있을 법했지만 긴장해서인지 리연은 뮌헨의 숙소에 도착해서도 좀처럼 잠들지 못했다. 엄마가 코를 고는 소리가 들렸다. 리연은 침대에서 살며시 빠져나왔다. 한참을 고민하다 미수에게 이메일을 쓰기 시작했다. 시차 때문이기도 했지만 카톡보단 이메일이 마음이 편했다. 이렇게 빙빙 둘러서라도 용서를 빌어야 했다.

미수에게

나 지금 독일이야. 자세한 얘긴 나중에 만나면 해 줄게.

아마 기사로 봤을 것 같긴 한데, 나 리사이틀 공연 보란 듯이 망쳤다?

한심하지?

왜 그랬는지 나도 모르겠어.

내 손이 내 손이 아닌 것 같았어.

이 몹쓸 손이 훠이훠이 사라지면 좋겠다.

우리 어떤 일이 있어도 음악 접지 말자.

그리고, 네가 꼭 행운을 빌어 줘야 할 일이 있어.

알겠지? 꼭 빌어 줘. 꼭!

뮌헨에서 리연

병원 로비는 단정하고 차분한 분위기였다.

"서리연. 잘 들어. 우린 독일에 온 적 없어. 수술한 적도 없고. 그 손가락 난 적 없어."

엄마가 리연의 눈을 똑똑히 바라보며 말했다. 목소리가 떨리고 있었다.

"의사한테 원래대로 만들어 달라고, 없애 달라고 말하면 돼. 그것뿐이야. 알았지?"

리연은 엄마에게 애써 미소를 지어 보였다. 간호사가 독일어로 들어오라고 하는 눈치였다.

"구텐 탁. 리연? 혹시 영어가 편한가요?"

긴 갈색 머리에 뿔테 안경을 낀 여자 의사가 윙크를 하며 말했다.

"네, 영어로요."

"얼마든지요. 피아니스트라고 들었어요. 어떤 곡을 치나요?"

리연의 긴장을 풀어 주려는 듯, 의사는 이것저것 물었다.

"다 쳐요. 쇼팽이랑 리스트랑 모차르트랑…"

리연은 긴장한 기색을 숨겨 가며 간신히 대답했다. 입에 경련이 오는 것 같았다.

"좋아요. 손에 문제가 생겼다고 들었어요. 왼쪽 손인가요?"

신뢰가 가는 의사의 태도에 안도를 느끼며 리연은 왼손바닥을 의사 쪽으로 내밀었다.

"어머나!"

리연보다 먼저 외마디 비명을 지른 건 리연의 엄마였다. 왼손바닥에 있어야 할 그것은 온데간데없었다. 리연의 가슴도 두방망이질 치기 시작했다. 의사가 당황한 듯 눈을 깜빡거렸다.

"흠… 글쎄요. 육안으로 봐선 큰 문제가 없어 보이는데요. 먼저 엑스레이를 찍어 볼까요?"

"오 마이 갓. 오 마이 갓! 괜찮아요! 우리 리연이 손이 비행기 이동 중에 많이 회복되었나 봐요!"

엄마는 실성한 사람처럼 보였지만 웃고 있었다. 리연은 왼손을 여러 번 잼잼하듯 쥐었다 펴 보았다. 왼손바닥 위엔 정말 아무것도 없었다. 믿을 수 없이 기뻤다. 괴손가락을 잘라 내는 수술을 할 필요도, 사람들에게 궁색한 변명을 지어낼 이유도 없었다. 당혹스러워하는 의사를 뒤로 하고 둘은 진료실을 빠져나왔다. 엄마는 비행기표 변경 수수료가 많이 떼여도 상관없는지 마냥 싱글벙글이었다. 이메일함에 다정한 미수의 답장이 와 있을까. 미수는 손가락 사고가 나던 그날 리연이 자신에게 무슨 짓을 했는지 알지 못한다. 이메일로 에둘러서라도 미수에게 사과를 한 건 정말 훌륭한 선택이었다. 잠시 악몽을 꾼 거라고 생각하면 돼. 리연은 다시 처음부터 한 걸음씩 시작해 볼 참이었다. 믿어지지 않는다는 듯 다시 양 손바닥을 펼쳤다. 뽀얗고 매끈한 손바닥 위엔 아무것도 없었다.

12.

독일에서 돌아온 후 기분 좋은 촬영 하나가 잡혀 있었다. 〈셀럽의 가방 속〉이라는 독특한 콘셉트의 인터뷰 TV 예능이었다. 스포츠인이나 작가, 가수나 댄서 등이 출연하여 가방 속에 갖고 다니는 아이템들을 하나씩 꺼내며 직업과 일상의 이야기를 자연스럽게 나눠 보는 프로그램이었다. 아침부터 리연은 기분 좋은 긴장감을 느끼며 오선지가 그려진 에코백에 물건을 넣었다 빼 보고 있었다. 빈티지 느낌 나는 오래된 악보 더미를 넣으면 근사하겠지. 몇 장 펼쳐 보진 않았지만 움베르토 에코의 두꺼운 책도 한 권 넣었다. 지적인 이미지를 주겠지. 십 대 느낌이 너무 없으면 안 되니까 캐릭터가 그려진 파우치와 다이어리도 넣었다. 들고 오기 살짝 까다로웠지만 아끼는 스투키 화분도. 이 정도면 인터뷰 각은 나올 것 같았다. 핸드프린팅과 풋프린팅을 하는 것도 이 예능의 시그니처 코너였다. 피아니스트니까 발보단 핸드프린팅으로.

이제 리연은 쉽사리 흔들리지 않았다. 특히 다양한 레퍼토리 발굴에 노력을 기울이고 있었다. 그 누구에게도 휩쓸리지 않고 오롯이 자신의 연주와 악보에만 집중하는 충만한 나날이었다. 요즘은 특히 모차르트가 좋았다. 한때는 센티멘털한 쇼팽이나 화려한 리스트가 좋았다. 우수에 젖은 라흐마니노프가 최애였지만 너무 기본이라며 소홀히 했던 모차르트에 다시 끌렸다. 담백한 게 좋다. 욕심내지 않을 거야. 차근차근 만들어 나갈 거야.

카톡왔숑!
경쾌한 아기 목소리 알림음이 울렸다. 미수가 보낸 카톡이었다. 촬영장 대기실의 푹신한 의자는 기분 좋게 리연을 감쌌다. 리연은 거울 속 자신의 얼굴을 좌우로 뜯어보았다. 메이크업도 표정도 무

척 산뜻했다. 몸을 한껏 뒤로 젖히며 톡창을 열었다.

리연아 오늘 촬영 있지?
떨지 말고 잘하구 와! 파이팅!!!

리연이 기분 좋게 답장을 타이핑하는 동안 톡 하나가 연이어 도착했다.

앗참, 나 너한테 선물할 곡 하나 작곡했오!
직접 네가 연주해 줘야 해! 히히히
내 입으로 말하긴 그렇지만
곡은 진짜 좋아. 기대해랏!!!

리연의 입꼬리가 저절로 올라갔다. 오늘 촬영이야말로 예감이 너무 좋다. 때마침 대기실 문을 두드리는 노크 소리가 들렸다. 촬영 스태프의 목소리였다.
"서리연 양, 이제 촬영 숏 들어갑니다! 의상은 다 갈아입으신 것 맞죠?"
미수에게 서둘러 답장을 보냈다.

나 이제 촬영 들어가.

미수야, 잘 찍고 와서

썰 쫙 풀어 줄겡. 이따 봐. ♡♡

바로 그때였다. 스마트폰을 감싸 쥔 리연의 오른손 손등 위로 무
언가 움트고 있었다. 리연은 스마트폰을 떨어트렸다. 타임랩스를 켜
둔 듯 리연의 손등을 수직으로 뚫고 나온 손가락은 아주 길고 가
늘어 보였다. 볼록해진 왼손 손등도 가운데가 금방이라도 툭 터질
것 같았다. 오른손 손등에서는 두 번째 괴손가락이 싹을 틔우듯 올
라오고 있었다. 스태프는 조금 더 상기된 목소리로 문을 두드리며
외쳤다.

"리연 양, 긴장하지 마시고 자연스럽게 하시면 돼요. 핸드프린팅
먼저 들어갈게요!"

리연은 거울 속 표정 없는 자신의 얼굴을 말없이 들여다볼 뿐이
었다.

김여진

'학교괴담을 써 주세요.'라는 의뢰를 처음 받았을 때, 제가 가장 먼저 떠올랐던 건 이런 것들이었어요. 학교 운동장에 세워진 세종대왕 동상의 펼쳐진 책이 자정이 넘으면 책장이 스르륵 넘어간다던지, 빨간 마스크라던지 하는 이야기들이요. 하지만 저는, 학교라는 공간에서 벌어지는 관계의 역동에 조금 더 주목해 보고 싶었어요. 학교니까 좋건 싫건 모여서 부대끼게 되고, '우정'이라는 것이 발생하지요. '우정'이 마냥 순수하다, 아름답다, 맑다고 믿는 사람이 있다면 꽤나 순진한 사람일지 모릅니다. 우정에겐 다채로운 각도가 있다! 모종의 이유로 이끌려 어떤 아이와 친구가 되었지만, 역시 같은 이유로 그 친구에게 질투가 난다면? 그런데 그 질투를 견딜 수 없다면? 단짝인 두 친구는 어떤 파국을 향할까? 하고 던졌던 질문이 이 이야기의 발단이었어요. 전 여전히 질투를 합니다. 질투가 많기에 글도 쓰지요. 누군가의 친구이기 전에, 인간으로 태어나고 말았으니까요.

홀리는 옥상

홍정기

"자자. 오늘 체육은 자유시간이다. 각자 하고 싶은 활동을 하도록!"

"와아아아아아아아!"

정오를 갓 넘긴 체육시간. 쏟아지는 6월의 햇살을 받으며 땀으로 흠뻑 젖은 아이들이 공 하나를 두고 운동장을 이리저리 휘젓는다. 구령대 옆 천막에는 내리쬐는 햇볕을 피해 축구를 구경하는 아이들이 삼삼오오 모여 있다. 운동장 사이드 녹색 도장이 깔린 농구 코트에는 열 명 남짓의 아이들이 농구에 열중이다. 체육복을 입은 아이들은 모처럼 체육 교과과정이 아닌 자유시간을 각자의 방식으로 만끽하는 중이었다. 그중 운동엔 관심 없는 듯 운동장가를 어슬렁거리던 소년이 커다란 플라타너스 그늘 아래 앉아 있던 소년에게 다가갔다.

"축구 하다 말고 어디에 정신 팔려 있는 거야."

어슬렁거리던 소년의 물음에 그늘 아래 있던 소년이 슬쩍 고개를 들었다. 소년의 이마에서 흐른 땀방울이 뺨을 타고 흘러 턱 끝에 방울졌다.

"아. 은기냐. 후우. 더워 죽을 거 같아. 이대로 뛰다가는 진짜 뒤질 것 같아서 잠시 휴식 중이다."

어깨를 들썩이며 대답하는 소년은 여전히 가쁜 숨을 몰아쉬었다. 처음 꺼내 입은 그대로 주름 하나 없는 은기의 체육복을 물끄러미 바라본 소년이 물었다.

"근데 넌 오늘도 날로 먹는 중?"

은기가 어깨를 으쓱 올렸다.

"알잖아. 나 운동은 극혐 하는 거."

은기가 손에 들고 있던 책을 들어 보이며 한쪽 입꼬리를 올렸다.

"그늘에 쫙 박혀서 코난 읽고 있었어. 흐흐흐."

땀에 젖은 소년이 고개를 절레절레 흔들었다. 그 바람에 소년의 머리끝에 달려 있던 땀방울들이 이리저리 튀었다.

"참나. 네 코난 덕질은 여전하구나."

"근데 충호. 너 축구는 안 보고 어디에 정신이 팔린 거냐?"

앉아 있는 충호가 정면의 학교 건물을 향해 턱짓했다.

"저기 옥상."

은기가 의아한 표정으로 되물었다.

"옥상? 왜?"

이번엔 충호가 손을 쭉 뻗어 어느 한 곳을 가리켰다.

"저기 인마. 건물 중앙에서 약간 오른쪽에 난간."

은기가 충호의 손가락을 따라 고개를 돌리자 충호가 말을 이었다.

"저기 저 난간만 붉게 얼룩져 있지 않냐? 뭔가 페인트라도 뿌려 놓은 것처럼 말이야."

충호의 말대로 유백색의 옥상 난간에 한 부분만 붉은 얼룩이 묻어 있었다. 은기는 인상을 찌푸리며 말했다.

"야. 너 우리 천안남중에 유일한 학교괴담 몰라?"

충호가 실소를 터트렸다.

"학교괴담? 아 씨. 큭큭. 죽인다 진짜? 개초딩도 아니고 괴담 타령이냐."

"어. 이 자식. 진짜 몰라?"

정색하는 은기를 보자 충호가 주먹을 들어 올리며 추궁했다.

"뭔데 그래. 얼렁 말해 봐. 혹시라도 구라 치는 거면 내 손에 죽는다."

한참 뜸을 들이던 은기가 입을 때려던 그때 축구 중이던 친구 하나가 소리쳤다.

"야. 언제까지 쉬고 있을 거야. 빨랑 합류해. 너 때문에 지고 있잖아."

"저기서 얼른 나오라는데?"

은기가 엄지손가락을 운동장 쪽으로 흔들었다. 하지만 흥미가 동한 충호는 두 손바닥을 입가에 붙이고 크게 외쳤다.

"쏘리. 좀 전에 발목을 삔 것 같아. 나 빼고 계속해!"

축구 무리에서 뭔가 욕설이 흘러나온 것 같았지만 충호는 별로 개의치 않고 은기에게 손짓했다.

"야야. 이리와. 앉아서 얘기해 봐. 그놈의 괴담이 뭔지."

은기는 키득거리며 플라타너스 그늘 안으로 들어갔다.

"나도 전해 들은 얘기니까 토 달지 말고 일단 들어 봐."

"새끼 서론이 기네. 얼른 본론부터 말해 봐."

"어머 충호 군. 그렇게 애가 탔엉?"

"아 씹 개극혐. 큭큭큭. 죽인다 진짜."

"들어 봐. 몇 년 전에 말야. 학교 입학 이래 줄곧 전교 톱을 찍던 선배가 있었대."

"쌈짱?"

"에라이 공부로 말야. 멍충아."

"근데?"

"선배는 톱을 유지한 채 3학년이 됐고 목표로 하던 외고로 들어가기 바로 전 마지막 시험을 앞두고 있었대."

"옳거니 시험을 앞두고 사건이 일어났구나."

"맞아. 시험 보기 바로 전날 이상한 문자가 한 통 오더래. '내일 학교에 가지 마'라는 문자가."

"누가 보냈는데?"

"그건 몰라. 발신자 표시제한으로 온 문자였거든. 그래서 문자를 보낸 쪽으로 전화도 할 수가 없었대. 선배는 누군가의 장난일 거라고 생각했나 봐. 전교 1등을 놓친 적이 없으니 선배를 시기하는 사람도 많았겠지."

"만년 2등이었던 학생의 장난이었을까."

"2등이든, 3등이든 등수가 중요한 게 아니야. 문제는 시험 날 아침에 벌어졌어."

"아침? 등굣길에 뭔가 벌어졌구나."

"쳇 눈치 하난 빠르구만. 맞아. 학교를 가던 길에 교통사고를 당했어."

"아아."

"꽤 크게 다쳤다더라고. 시험은 통으로 날린 거지. 근데 기이한 건, 교통사고를 낸 자동차에 아무도 타고 있지 않았다는 거야."

"운전자가 없었다고? 그게 가능함?"

"승용차 운전자가 차를 길가에 주차하고 편의점에 갔는데, 그사이 세워 뒀던 차가 저절로 움직여 선배를 치어 버린 거야."

"오호 괴이네. 괴이."

"괴이하긴 하지. 분명 주차에 맞춰 둔 기어가 스스로 풀렸고 선배는 액셀을 밟는 듯한 엔진 소리까지 들었다고 증언했대."

"그게 전날 받은 문자와 연관이 있었다는 거임?"

"확실한 건 없어. 우연인지도 모르고. 흔한 스팸 문자일지도 모르지. 하지만 기묘한 문자의 경고를 어기고 등교한 선배는 차에 치었고 그 때문에 시험을 자체를 보지 못한 거지."

"헐. 목표했던 외고는 나가리 됐겠네."

"응. 인생에서 처음으로 경험하는 실패였다더라. 우리 같은 사람은 모르겠지만 첫 실패의 좌절은 엄청났대."

"미안하지만 네 마음대로 우리라는 말로 너와 날 묶지 말아 줄래?"

"찐따. 큭큭큭. 여튼 선배는 저주문자를 보낸 사람을 찾는답시고 여기저기 들쑤시다 친구들에게 쳐맞고 그랬다더라고. 정상에서 바닥으로 추락하는 건 순식간이었지."

"한 번의 실패로 다시 일어서질 못했구나."

"응. 반쯤 미친 선배는 결국 극단적인 선택을 저질렀대."

"극단?"

"저기 네가 보던 옥상 난간 말야. 그 자리에서 스스로 몸을 던졌대."

"헐… 진짜? 레알?"

"진짜 레알. 선배는 바로 즉사했대. 그 뒤부터 이상하게 선배가 뛰어내린 자리에 붉은 얼룩이 졌다고 해. 선배가 마지막으로 힘주어

붙든 난간에 선배의 피눈물이 물들었다나 뭐라나."

"쳇. 뭔가 시시하네."

"잠깐만. 여기서 끝이 아냐. 저 얼룩이 애들을 홀린다나 봐. 처음엔 너처럼 호기심으로 쳐다보다가 어느 순간 정신을 차려 보면 옥상 난간에 위태롭게 서 있게 된다는 거지."

"야야. 진짜 뒤진다. 진짜야? 나 겁주려고 방금 지어낸 이야기 아냐?"

"짜식 속고만 살았나. 진짜야. 다른 애들한테 물어 봐. 홀리는 옥상이라고 들어 본 적 있냐고. 그리고 너 지난달에 가족여행 다녀오느라 잘 모르는 모양인데…"

"지난달? 뭔데?"

"3학년 선배가 이유 없이 투신해서 학교가 발칵 뒤집혔잖아."

"아… 여행 갔다 와서 듣긴 들었어. 그래서 옥상 난간에 펜스도 설치했잖아."

"그래. 그 선배가 추락한 자리가 바로 저 붉게 얼룩진 자리라는 거야."

"…지, 진짜?!"

생각에 잠긴 충호가 옥상 난간을 바라보는 사이 수업종료 종이 운동장에 울려 퍼졌다. 충호가 수돗가에서 흘린 땀을 물로 씻어 내는 사이 운동장의 주인이 바뀌었다는 듯 체육복을 입은 3학년 선배들이 운동장에 모여들었다.

　세수를 마친 충호가 은기와 함께 잡담을 하며 중앙 현관으로 걸어 들어가던 바로 그때였다. 등 뒤에서 웅성거리는 소리가 충호의 신경을 잡아끌었다.

　"야… 야… 저기… 저… 안 보여?!"

　"뭐. 뭐가 보인다는 거야?"

　"자세히 말해 봐."

　"뭔데 그래?"

　"아… 씨. 너넨 진짜 저 새끼 안 보이냐고!"

　은기와 충호는 걸음을 멈추고 소리가 들리는 운동장 쪽으로 고개를 돌렸다. 다음 체육시간을 위해 정렬 중인 3학년 무리에서 유독 눈에 띄는 선배가 있었다. 두 눈을 크게 뜨고 질겁한 표정의 선배는 하늘을 향해 삿대질을 하며 주변에 선 친구들을 향해 신경질을 내고 있었다.

　"야. 저기. 저기 옥상에 서 있잖아…"

　하늘을 향한 선배의 손끝이 눈에 띄게 떨렸다.

　"니들 눈엔 안 보여? 어?!! 저 위에서 나한테 손짓하고 있는 저 녀석이 안 보이냐고?"

　안색이 창백한 선배는 주변 친구들을 붙잡고 늘어졌다. 친구들은 착란에 빠진 선배를 이상하게 쳐다봤다.

　"누가 있다는 거야. 옥상엔 아무도 없는데…"

"그… 그럴 리가…"

겁에 질려 몸을 떠는 선배는 아무래도 정상이 아닌 듯 보였다. 충호가 은기를 향해 조용히 속삭였다.

"헐. 제정신이 아닌 거 같은데? 저 형 맛이 갔나 봐…"

은기가 혀를 차며 무거운 목소리로 말했다.

"쯧쯧쯧… 홀렸어."

은기가 고개를 가로 저으며 말을 이었다.

"저 선배… 옥상에 홀렸나 봐…"

충호는 잠시 멍하니 은기를 바라봤다. 그리고 은기의 말이 이해되려던 찰나 찢어질 듯한 비명 소리가 운동장을 뒤흔들었다.

* **

사방이 하얗게 도색된 다섯 평 남짓한 상담실에 서늘한 공기가 감돌았다. 백색의 가운을 입고 있는 의사 앞에 중년 부부가 나란히 앉아 있었다. 상담실을 가득 메운 침묵이 이들 세 사람을 무겁게 짓눌렀다. 상담석에 앉은 여성이 불안한 얼굴로 입을 뗐다.

"박사님, 우리 이선이 다시 학교에 갈 수 있을까요?"

여성의 옆에 앉은 남성은 침통한 얼굴로 이마에 흐르는 땀을 손수건으로 닦아 냈다. 따로 말하지 않았지만 남성의 얼굴에는 답답한 기색이 역력했다. 묵묵히 차트를 바라보던 머리가 희끗한 의사가 한참 만에 고개를 들고 부부와 시선을 맞췄다.

"김이선 군이 등교를 거부한 지 얼마나 됐죠?"

여성이 재빨리 대답했다.

"6월부터였으니 이제 벌써 3개월째예요. 학교 친구 말로는 뭔가 헛것을 보고 놀랐다고 하는데… 당최 뭘 봤는지 얘기를 안 해요."

여성이 연신 손마디를 비벼 댔다.

"매일 밤마다 가위에 눌리고 비명을 지르면서 깨어나요. 여름방학이 얼마 안 남기도 했고, 집에서 좀 쉬다 보면 괜찮아질 줄 알고 지켜봤죠. 그런데 방학이 끝나도 여전히 악몽을 꾸고, 겁에 질려 학교에 안 가겠다는 거예요. 귀신에라도 씐 게 아닌가 싶어 뒤늦게 용하다는 점쟁이한테 굿도 벌였는데 전혀 효과가 없었어요. 이제 고입시험도 얼마 안 남았는데…. 이러다 과학고에 못 가면 우리 이선이는 어쩌죠? 다른 애들은 한창 고입시험 준비 중인데 정말 걱정돼 죽겠어요."

아내의 걱정스러운 말에 남편은 화가 난 듯 대꾸했다.

"지금 그런 게 문제야? 당신은 애가 왜 학교를 안 가려고 하는 건지 궁금하지도 않아? 당신이 이렇게 공부, 공부 하면서 애를 잡아 대니까 애가 학교에 안 가려는 거 아냐!"

남편의 공격에 아내도 남편을 노려보며 응수했다.

"아니 지금 이선이가 학교에 안 가는 걸 내 탓으로 돌리는 거예요? 당신은 애한테 신경이나 쓰면서 그런 얘기 하는 거예요?"

"뭐라고? 지금 나랑 한번 해 보자는 거야!"

부부의 다툼이 본격적으로 시작되려는 찰나 의사가 끼어들었다.

"자자. 두 분 다 이쯤에서 그만하십시오. 저희 드림센터에 찾아오신 이유는 아이가 학교에서 목격했다는 환상. 그리고 그 직후 시작된 악몽이 등교거부와 연관돼 있을 거라고 생각했기 때문이시죠? 자 환상이 먼저인지, 악몽이 먼저인지는 지금으로서는 판단할 수가 없습니다. 다만 매일 밤 반복되는 악몽이 아이의 등교거부와 관련이 있을 거라는 두 분의 생각은 합리적이고 탁월한 판단이라고 말씀드리고 싶습니다. 이곳에 찾아오시면서 두 분이 드림센터에 대해 먼저 알아보셨으리라 생각합니다만 제가 한 번 더 설명 드리겠습니다. 괜찮겠죠?"

부부는 고개를 끄덕였다. 의사는 그런 부부를 보고 만족스러운 표정으로 이야기를 시작했다.

"저희 드림센터는 역사는 짧지만 국내, 아니 전 세계 최초로 수면 중 꾸는 꿈 녹화기술을 개발한 뇌 과학 센터입니다. 인간의 수면은 렘(REM)수면이라 부르는 얕은 잠과 깊은 잠이 반복되는 과정으로 이루어집니다. 이 주기가 대체로 하룻밤 사이 4에서 6회 정도 반복되는데, 주로 얕은 잠을 잘 때 꿈을 꾸게 됩니다. 연구결과에 따르면 뇌는 주간에 일어났던 무수히 많은 사건을 해마라는 단기 기억 장소에 보관했다가 수면 중에 필요한 것만 갈무리해서 대뇌피질로 보내는데 이때 꿈은 현실에서 경험한 단편적 기억을 대뇌피질에 저장하기 위해 재생, 편집하는 과정에서 나타나기 때문에 아무리 비현실적인 꿈이라도 현실에서 강렬한 인상을 받았거나 절실한 소망 또는 반복된 경험일수록 꿈으로 재현될 확률이 높아집니다. 여기까지 이해되시나요?"

"네. 박사님."

남편의 대답에 아내 역시 고개를 끄덕였다. 의사는 설명을 이었다.

"결과적으로 꿈은 현실의 개인적 체험이나 이상을 반영한 아주 개인적인 무의식적 욕구의 발현이라 봐도 무방합니다. 저희는 꿈을 풀이하는 해몽 같은 비과학적 영역 대신 과학적 해몽에 대한 연구를 진행했습니다. 그 결과 세계 최초로 꿈을 꾸게 되는 렘수면 시 뉴런에 발생되는 전기적 신호를 분석하여 이미지화하는 기술 개발에 성공했습니다."

의사는 가슴 포켓에 꽂힌 볼펜을 빼내 두 부부의 눈앞에 들어 보였다.

"자 이게 뭐로 보이십니까?"

아내가 머뭇거리면서 말했다.

"볼, 볼펜이요."

의사는 볼펜을 남편 쪽으로 가져가며 한 번 더 물었다.

"자 남편분도 볼펜으로 보이시죠?"

"네. 볼펜으로 보입니다."

의사는 볼펜을 가슴 포켓에 끼우며 설명을 이었다.

"누구나 이 볼펜을 보는 순간 볼펜의 이미지 시각정보가 망막에서 대뇌로 전달됩니다. 뇌는 이 시각정보와 대뇌에 저장된 기억을 매칭시켜 볼펜으로 인지하게 되죠. 이 뇌의 인지는 언어가 다르건 인종이 다르건 동일하게 발생되는 메커니즘입니다. 지칭하는 언어는 달라도 볼펜은 그저 볼펜일 뿐이니까요. 이 볼펜을 보는 순간 뇌의 신경세포인 뉴런에서는 볼펜을 뜻하는 고유의 전기적 신호가 생성되고 이웃한 뉴런으로 빠르게 전파됩니다. 이선 군의 꿈도 눈으로 보지는 않지만 뇌에는 시각정보와 똑같은 전기적 신호가 뉴런에 전파되죠. 저희 연구진은 최신 BMI(Brain-Macnine Interface)기술과 AI 예측엔진을 통해 각기 다른 뉴런의 특정 신호에 매칭되는 이미지 알고리즘을 적용한 데이터베이스를 완성했습니다. 그 데이터베이스를 통해 이선 군이 꾸는 꿈의 뇌파를 영상으로 재현해 내는 겁니다."

아들의 이름이 나오자 부부의 눈빛이 반짝였다.

"그럼 아들의 꿈으로 현실의 문제를 예측하고 해결할 수 있겠군요."

의사가 만족스러운 미소를 지으며 말했다.

"네. 정확히 보셨습니다. 저희는 지난 2주간 총 4회에 걸쳐 이선 군의 수면 분석을 실시했습니다. 이선 군은 깨어난 뒤 악몽을 기억하는 자각몽뿐만 아니라 비자각몽에서도 가위눌림에 맞먹는 악몽을 꾸는 것을 확인했습니다. 또한 대부분의 악몽이 정형화된 패턴으로 반복된다는 것을 확인했죠. 오늘 부모님을 모신 이유는 저희가 추출한 아드님의 꿈을 두 분께 보여 드리고 논의하기 위해서입니다."

의사의 말이 끝나자 한쪽 벽에 거대한 스크린이 내려왔다. 이내 상담실의 조명이 어두워지고 스크린 속 드림센터 영문로고가 한층 또렷해졌다. 부부는 어느새 서로의 손을 꼭 잡고 숨죽인 채 스크린을 바라봤다. 의사가 재생 버튼을 누르자 스크린 위로 영상이 시작됐다.

영상은 어두컴컴한 계단에서 시작됐다. 이선의 시선으로 바라본 계단은 한없이 어두웠고 끝없이 이어져 있었다. 그런 계단을 다급하게 뛰어오르는 소년이 보였다. 한 번에 두, 세 칸씩 계단을 오르는 소년은 몸을 휘청이면서도 끈질기게 올라갔다. 앞서가는 소년을 따라 화면의 영상도 멀미가 날 정도로 심하게 흔들렸다. 영상의 당사자인 이선도 소년을 뒤쫓아 계단을 오르는 중인 듯했다. 쫓기는 소년과 소년을 쫓는 이선과의 관계가 썩 좋아 보이진 않았다. 누가 봐도 겁먹은 표정의 소년이 수시로 뒤를 돌아봤기 때문이다. 영상에서 앞선 소년을 향해 쭉 뻗은 왼팔이 나타났다. 그러나 간발의 차로 앞선 소년에게는 닿지 않았다.

닿을 듯 닿지 않는 둘의 거리는 좀처럼 좁혀지지 않았다. 계단을 사이에 두고 끝없는 공방이 이어졌다. 얼마 뒤, 마침내 앞서가던 소년이 계단의 끝에 다다랐다. 계단 끝에는 굳게 닫힌 철문이 소년을 막아섰다. 망설이던 소년은 철문 손잡이를 돌려 문을 활짝 열어젖혔다. 소년은 발을 내디뎌 쏟아지는 빛 속으로 사라져 버렸다. 곧이어 뒤쫓던 시선이 활짝 열린 문을 지나면서 영상이 새하얗게 반전됐다. 한동안 빛으로 인한 잔상이 지속된 뒤 차츰 문밖의 윤곽이 또렷해졌다.

영상에 펼쳐진 공간은 어느 건물의 옥상인 듯 보였다. 우중충하게 구름 낀 하늘. 군데군데 페인트가 벗겨져 시멘트가 드러난 녹색 바닥. 가건물 벽으로 어지럽게 쌓아 놓은 망가진 책상과 의자들. 옥상 난간 뒤로 보이는 줄지은 빌딩들. 그리고 시선의 끝에 서 있는 한 소년.

소년은 턱이 낮은 난간을 등지고 엉거주춤하게 서 있었다. 숨이 찬 듯 어깨가 연신 위아래로 오르내렸다. 멀리서도 겁먹은 눈과 일그러진 표정은 소년이 공포에 휩싸여 있음을 가늠케 했다. 시선을 향해 양팔을 뻗고 뒷걸음질 치는 소년의 입 모양이 크게 움직였다. 그때 스크린 영상에 집중하던 남편이 고개를 돌리고 심각한 얼굴로 물었다.

"뭐라고 하는지 하나도 들리지 않는데 볼륨을 키워 주실 수 없을까요?"

의사는 영상에 시선을 떼지 않은 채 답했다.

"현재 드림센터의 추출기술로는 대상자가 꾸는 꿈의 영상만을 저

장할 수 있습니다. 어디까지나 뇌에 전달되는 시각 데이터만 추출 가능하죠. 다소 답답하시더라도 일단 영상을 끝까지 봐 주십시오."

의사의 말에 남편은 묵묵히 스크린으로 고개를 돌렸다. 난간 끝 소년의 무언의 외침과 상관없이 화면 한가운데 자리 잡은 소년의 모습은 점차 확대됐다. 마침내 앞에 선 소년과 화면의 눈높이가 맞아들 즈음, 화면 왼편으로 손에 쥔 날카로운 커터칼이 나타났다. 커터칼을 본 소년은 충격을 받은 듯 두 눈이 커졌다. 소년의 눈에 눈물이 고였고, 이내 눈물이 두 볼을 타고 흘러내렸다. 하지만 소년의 눈물과는 상관없이 화면 속 커터칼은 점차 소년을 향해 다가갔다. 애원하며 뒷걸음질 치던 소년은 어느새 난간 끝에 다다랐다. 소년은 슬쩍 고개를 돌려 뒤를 돌아봤다. 다시 정면을 향한 소년의 얼굴은 사색이 되어 있었다. 날카로운 커터칼 끝이 화면을 가로질렀다. 겁에 질린 소년은 칼날을 피하기 위해 상체를 뒤로 뺐다. 순간 몸의 중심이 무너진 소년이 팔을 흔들며 발버둥쳤다. 하지만 무너진 중심을 잡기엔 늦은 듯 보였다. 난간에 걸친 두 다리를 제외하고 이미 상체가 난간 밖으로 넘어가 있었다.

소년은 순식간에 화면 밖으로 사라졌다. 결정적인 순간에 슬로모션이 되는 영화와는 달랐다. 정말 눈 깜짝할 사이 찰나의 순간에 소년은 난간 아래로 사라져 버렸다. 들리지는 않았지만 소년의 날카로운 비명이 이어졌으리라.

화면이 급히 난간 쪽으로 향했다. 그리고 난간 밖 끔찍한 광경이 모니터에 가득 찼다. 저 멀리 시멘트 바닥으로 팔과 다리가 기괴하게 꺾여 있는 소년의 모습. 그런 소년의 머리에서 흘러나온 피가 모여 웅덩이처럼 고여 있었다.

순간 시체를 비추던 화면이 하늘과 시멘트 바닥으로 뒤바뀌었다. 커터칼을 쥔 손이 덜덜 떨렸다. 커터칼을 집어 던진 화면 속 시선이 다시 난간으로 향했다. 천천히 천천히. 화면이 난간을 넘어 참혹하게 죽은 소년을 비추려던 순간.

"꺄아아아악!"

소스라치게 놀란 아내의 비명이 터져 나왔다. 남편도 적잖이 놀란 얼굴이었다. 땅바닥에 누워 있어야 할 소년이 옥상에 있는 화면을 가득 메웠다. 그것도 왼쪽 이마가 함몰되어 온통 피투성이인 얼굴로. 핏발 선 시뻘건 눈을 부릅뜬 소년이 화면을 잡아먹을 듯 노려보고 있었다. 스크린 속 영상은 온통 피투성이로 두 눈을 부릅뜬 소년의 얼굴이 클로즈업되면서 정지됐다.

상담실의 조명이 켜지고 스크린 속 소년의 참혹한 얼굴이 희미해졌다. 영상이 끝났지만 부부는 한참 동안 침묵했다. 실로 충격적인 영상에 섣불리 말을 꺼내지 못했다. 침묵이 내려앉은 상담실 벽에 걸린 시계 속 초침 소리가 미칠 듯 울려 퍼지는 찰나, 의사가 어렵게 입을 뗐다.

"지금 보신 영상이 아드님이 반복해서 꾸고 있는 꿈입니다. 누가 봐도 끔찍한 악몽이죠. 우선 이 소년을 아시는지 여쭤보고 싶군요."

의사는 책상 위 모니터를 부부 쪽으로 돌렸다. 모니터 안에는 꿈속에서 죽임을 당한 소년의 얼굴이 선명하게 떠올라 있었다. 부부는 모니터에서 애써 시선을 피했다. 남편이 불쾌한 듯 따지는 목소리로 말했다.

"저, 저희는 모르는 일입니다. 우리 아들은 이 일과는 전혀 상관이 없어요. 갑자기 말씀드려 죄송합니다만 아들의 상담 치료는 오늘로 중단하고 싶습니다. 여보! 가지."

이번에는 아내 역시 남편의 말에 순순히 동의했다.

"네. 알았어요."

의사는 급변한 부부의 모습에 크게 당황했다.

"잠깐만요. 이 영상은 이선 군의 꿈을 재현한 겁니다. 어디까지나 현실이 아닌 이선 군의 머릿속에서 그려진 영상인 거죠. 몹시 충격적이긴 합니다만 이 꿈을 통해 이선 군의 내면의 트라우마를 유추할 수 있다고 생각합니다. 힘드시겠지만 부모님의 협조가 필요한 부분이기도 하고요."

의사의 설득에도 남편의 굳은 얼굴은 풀리지 않았다.

"아뇨. 됐습니다. 치료는 중단하겠습니다."

"선생님. 한 번만 다시 생각해 주시면…."

"그만둔다고 하지 않았습니까! 우리 아들이 이곳에 올 일은 다시는 없을 테니 이 영상이나 확실히 삭제해 주시기 바랍니다. 만약이 영상이 밖으로 나돌기라도 하면 내 남은 정치 인생을 걸고서라도 이 병원을 문 닫게 할 겁니다. 잊지 마세요."

남편은 자리를 박차고 엉거주춤 앉아 있던 아내를 끌고 나가 버렸다.

"이선아. 얼른 나와."

상담실 문밖으로 남편의 고성과 함께 난폭하게 문을 닫는 소리가 상담실까지 울렸다.

*
**

"똑. 똑."

"네."

문이 열리자 난처한 표정의 간호사가 들어왔다.

"장 박사님. 환자 아버님이 대기실에 있던 환자를 데리고 그대로 가 버리셨어요. 굉장히 화나신 것 같던데…."

장 박사는 쓴웃음을 지었다.

"그렇게 됐네. 뭐 어쩔 수 없지."

간호사는 걱정 가득한 얼굴로 말했다.

"이선 환자 아버님이 지역구에서 명망 있는 의원님인데 병원에 안 좋은 말이라도 흘릴까 봐 걱정돼요."

"하하. 그러실 분은 아니에요. 김 간은 걱정 말고 일 봐요."

간호사는 고개 숙여 인사한 뒤 상담실 문을 닫았다.

"하아…"

호기롭게 이야기했지만 장 박사도 걱정이 이만저만이 아니었다. 병원이 있는 천안시에서 4선 의원인 김 의원의 영향력은 실로 막강했다. 재력과 권력을 모두 갖춘 지역 유지였다. 그런 그의 아들이 드림센터에 환자로 왔다는 것을 알게 되었을 때는 천재일우의 기회라고 생각했다. 아직 꿈을 매개로 하는 심리 치료 방식에 대한 대중들의 시선은 낯설고 차가웠다. 때문에 김 의원의 아들을 성공적으로 치료한 뒤 매스컴에 대대적으로 홍보하여 인식 개선을 꾀하려던 게 장 박사의 플랜이었다. 김 의원 인맥으로 새로운 투자자를 소개받을지 또 누가 알겠는가. 하지만 분개한 김 의원이 아들을 끌고 나가면서 장 박사의 플랜은 보기 좋게 틀어졌다. 김 의원의 마음을 돌릴 방법을 고심하던 장 박사는 문득 돌려 놓은 모니터에 시선이 멈췄다. 모니터에는 여전히 처참하게 죽은 소년의 얼굴이 떠올라 있었다.

이상했다. 아들의 꿈에 과민반응하는 부부의 태도는 상식적으로 보이지 않았다. 장 박사는 조금 전 부부와의 상담을 곰곰이 되짚었다. 분명 평범했던 분위기가 무겁게 가라앉은 시점이 있었다.

"딱. 딱. 딱. 딱."

장 박사가 볼펜의 똑딱이 버튼을 엄지로 연신 퉁겼다. 골몰히 생각할 때 나오는 장 박사의 버릇이다. 생각을 정리하던 장 박사의 시선이 다시 모니터에 멈췄다.

"딱."

"소년."

부부의 태도가 급변했던 건 영상에 소년의 얼굴이 나오고부터다. 당시 김 의원의 얼굴을 힐끔 바라본 장 박사는 김 의원이 크게 당황한 표정에 의구심을 가졌던 것을 떠올렸다.

대체적으로 꿈은 꿈을 꾸는 당사자, 즉 드리머의 현실을 반영한다. 하지만 꿈과 현실이 언제나 일치하는 것은 아니다. 꿈은 드리머 내면의 무의식적 의사가 반영되고, 때로는 드리머의 의사와는 정반대로 표현되기도 한다. 사람들이 소위 꿈은 반대라고 말하는 역몽도 이를 두고 하는 말이다. 그런데 김 의원의 반응은 무의식의 세계를 바라봤을 때의 예상 가능한 반응이 아니었다. 지극히 현실적 반응. 실제로 벌어진 행위를 목격했을 때의 반응이랄까.

장 박사는 급히 마우스를 클릭하여 김이선 환자의 진료 파일을 찾았다. 이선의 등교거부는 6월부터 시작됐다고 했다. 영상 속의 소년도 반팔 셔츠인 하복을 입고 있었다. 꿈속의 하복과 등교거부가 시기적으로 맞아떨어진다. 모니터에 떠오른 이선의 차트에 재학 중인 학교 이름이 기재되어 있었다.

"천안중학교."

장 박사는 인터넷 포털사이트를 열고 '천안중학교'와 '6월', '사망'을 키워드로 넣고 검색 버튼을 눌렀다. 새롭게 떠오른 웹페이지에는 수많은 키워드와 관련된 자료들이 떠올랐다. 마우스를 스크롤하던 장 박사는 어렵지 않게 원하던 기사를 찾아냈다.

– 천안 소재 중학교에서 재학생 의문의 추락사

장 박사가 제목을 클릭하자 기사 원문이 떠올랐다.

천안 소재 중학교에서 재학생 의문의 추락사

송고시간 | 2024-05-07 16:03
박찬형 기자

– 점심시간 같은 반 친구들과 있던 중 갑자기 사라져

(천안일보) 박찬형 기자

천안시 소재 중학교에서 3학년 재학생이 추락해 숨진 채 발견돼 경찰이 수사에 나섰다. 6일 천안 동남경찰서에 따르면 이날 오후 12시 30분께 천안시 소재 한 중학교 건물 1층 바닥에 A군(15)이 숨진 채 발견됐다. 검안의는 A군이 추락해 숨졌다는 소견을 내놓았다. A군은 친구들과 함께 점심식사를 마치고 교실에 있다가 오후 30분께부터 갑자기 사라진 것으로 알려졌다. 경찰은 건물 옥상 문이 열려 있는 점으로 미뤄 이곳에서 A군이 추락했을 가능성을 염두에 두고 있다. 경찰은 정확한 사건 경위를 파악하기 위해 폐쇄회로(CC)TV 등을 확인하고 있다.

기사가 업로드된 시점과 기사 내용으로 미루어 봤을 때 추락 사건이 발생한 중학교는 이선이 재학 중인 천안남자중학교가 틀림없었다. 이선의 꿈은 마지막 죽은 A군이 되살아나는 장면을 제외한다면 의식을 재구성하는 상징몽이나 예지몽, 역몽이 아닌 현실의 사건을 그대로 재현한 현실몽이 분명했다. 그동안 여러 환자들의 꿈을 분석하고 치료해 왔지만 현실몽 케이스를 보기는 장 박사도 이번이 처음이었다. 현실몽은 그 정도로 꽤나 희귀한 케이스였다.

"거듭된 악몽은 친구를 죽인 죄책감 때문이었나."

장 박사는 천안일보 홈페이지에서 후속 기사를 찾아봤다. 사건 발생 며칠 후, 같은 기자가 송고한 후속 기사가 있었다.

기사의 내용은 옥상으로 통하는 문과 교실 내 CCTV가 없었고, 해당 학급의 학생들을 일일이 조사했지만 A군이 옥상으로 올라가는 것을 본 학생은 아무도 없었던 점 그리고 A군이 평소 원만한 학교생활을 해 왔던 점, 따로 유서가 발견되지 않은 점 등을 감안하여 경찰은 단순 실족사로 결론 내린 것으로 쓰여 있었다.

"단순 실족사라…. 하하. 참나."

기사에 달린 댓글은 더욱 가관이었다.

"홀리는 옥상의 희생양?"

옥상에 홀려 투신자살했다는 건가. 장 박사는 기가 찼다. 경찰의 수사는 허술하기 짝이 없었다. 그렇게 진실은 가려진 채 말도 안 되는 괴담이 일파만파로 번지는 중이었다. 학교괴담은 말도 안 된다.

실체는 꿈의 주체인 이선이 커터칼로 위협하여 A군을 사망시킨 엄연한 살인사건이었다.

교실 밖을 나서는 A군을 본 사람이 아무도 없었다고? 평소 원만한 학교생활이었다고? 이번 한 번으로 벌어진 우발적 사건은 아닐 것이다. A군은 소위 교내 왕따였던 것이 분명했다. 그런 심각한 교내폭력이 조용히 묻혔다. 장 박사는 막강한 권력을 자랑하는 김 의원의 입김이 닿았을 거라는데 생각이 닿았다.

"안타깝지만 그런 게 냉혹한 이 사회의 법칙이란다."

장 박사가 나직이 중얼거렸다.

사실 장 박사에게 억울하게 추락사 한 A군이나 이선의 학교생활 따윈 관심 없었다. 그저 이선의 등교거부를 깨끗하게 고친 뒤 드림센터의 기술과 가능성을 김 의원에게 인정받으면 그만이다. 안 그래도 연구를 위해 무리하게 끌어 쓴 투자자금 때문에 투자자들의 원성이 자자했다. 이번 기회에 확실하고 가시적인 성과를 보여 줘야 성난 투자자들을 달랠 수 있으리라. 장 박사는 안경을 벗고 손가락으로 양쪽 눈두덩을 지그시 눌렀다.

***

"거기 학생. 3학년 5반 교실이 어디지?"

장 박사가 불러 세운 학생이 손을 뻗어 교실을 가리켰다.

그날 이후 김 의원의 마음을 돌리기 위해 수차례 전화를 걸었지만 번번이 통화에 실패했다. 가만히 앉아서 기다릴 수는 없었다. 김 의원이 전화를 피하면 이선이 직접 찾아오게 만들면 된다.

장 박사는 이선을 공략하기로 전략을 수정했다. 화요일 오전 11시. 말끔한 정장 차림의 장 박사가 천안중학교를 찾았다. 낯선 사람이 학교를 찾아왔지만 40대 중반의 반듯한 정장차림을 보고 학부모로 여기는 듯했다. 학교 본관에 들어서기까지 출입을 제지하는 이는 아무도 없었다. 무혈입성한 장 박사는 마침 지나가는 학생에게 3학년 5반 교실을 물었다. 제일 높은 학년 때문인가. 교실은 건물 최상층인 3층 중앙에 위치해 있었다. 아직 수업 중인 복도는 교실에서 흘러나오는 선생님의 목소리를 제외하고는 쥐 죽은 듯 조용했다.

11시 30분. 점심시간까지는 30분 정도 남았다. 장 박사가 학교를 찾은 이유는 이선의 꿈과 실제가 얼마나 차이가 있는지 눈으로 직접 확인하기 위해서였다. 이선의 효과적 치료를 위한 현장답사랄까. 시간도 남았고 꿈속의 무대가 옥상이니 A군이 추락한 옥상에 가 보기로 했다.

장 박사는 교실 복도에서 중앙 계단으로 발길을 돌렸다. 고개를 쭉 빼 머리 위로 가로지른 계단 틈새를 올려봤다. 옥상으로 향하는 계단은 평상시 불을 켜 놓지 않는지 굉장히 어둡고 그늘져 있었다. 꿈속 영상을 떠올리며 장 박사는 천천히 계단을 올라갔다.

3층 중앙 계단에서 한 층 정도 올라가니 검은색 페인트로 칠한 철문이 나타났다. 굳게 닫힌 철문은 오랜 세월 탓에 칠이 벗겨지고 녹이 슬어 있었다. 양 문 손잡이에는 자물쇠로 잠긴 쇠사슬이 단단히 묶여 있었다. 추락사고 이후 학생들의 출입을 막으려는 학교의 조치이리라. 그 정도는 이미 충분히 예상한 바이다. 장 박사는 거침없이 문 옆에 비치된 소화기를 집어 들었다. 한 번에 내리쳐야 한다. 소음이 이어지면 발각될 것이다. 장 박사는 머리 위로 쳐든 소화기로 자물쇠를 힘껏 내리쳤다.

"깡." 둔탁한 쇳소리가 메아리가 되어 계단에 울려 퍼졌다. 장 박사는 숨죽인 채 귀를 기울였다. 다행히 아래층에서 별다른 기색은 없었다. "옳거니." 마침 자물쇠도 일격에 고리와 몸통이 분리됐다. 장 박사는 손잡이에 두른 쇠사슬을 풀고 굳게 닫힌 철문을 열었다.

어두운 곳에서 갑자기 밝은 곳으로 나오자 잠시 눈이 보이지 않았다. 서서히 눈이 빛에 익숙해지자 옥상의 낯익은 모습들이 들어왔다. 대체적으로 꿈으로 보았던 정경과 다르지 않았다. 한 가지 다른 점이라면 낮은 옥상 난간에 둘러친 철조망 정도. 역시 추락사고 이후에 학교에서 보수한 것이리라.

높은 하늘로 정오의 가을볕이 쏟아졌다. 불어오는 바람에 머리카락이 휘날렸다. 청명한 가을 하늘. 끔찍한 사고가 있었던 옥상인 것만 빼면 날씨 하난 기가 막히게 좋았다. 장 박사는 이선과 A군이 걸었을 곳들을 샅샅이 뒤졌다. 그러나 들인 공이 무색하게도 아무

것도 없었다.

"역시 아무것도 없나. 커터칼이라도 나와 주면 좋았을 텐데."

칼을 찾았다면 김 의원을 압박할 결정적 무기가 됐을 것이다. 허나 경찰이 이미 수색한 곳을 뒤져 봐야 유의미한 증거가 나올 리만무했다. 장 박사는 옥상 바닥을 뒤지는 것을 포기하고 A군이 떨어졌던 난간 철조망에 머리를 박고 1층 시멘트 바닥을 내려다봤다. 학교 정문에서 왼편으로 10m 정도 치우친 곳이었다. 뒤로 넘어간 A군은 바로 앞 화단을 지나쳐 딱딱한 통행로에 머리를 처박혀 죽었다. 사망 직후 A군이 죽었던 자리에 국화꽃이 놓인 적도 있다고 했다. 그러나 4개월이 지난 지금은 그 어떤 표식도 없었다. 그런 끔찍한 기억 따위 모두의 기억에서 지워 버렸겠지.

"딩동댕동. 딩동댕동."

교내 전체에 종소리가 울려 퍼졌다. 쥐 죽은 듯 조용했던 학교에 와자지껄한 학생들의 소음이 가득 찼다.

"벌써 점심시간인가."

장 박사는 발걸음을 서둘러 옥상을 내려갔다. 교실 밖으로 나온 아이들이 옥상에서 내려오는 낯선 사람을 그냥 둘 리 없다. 다행히 아직 중앙 계단에는 아무도 없었다. 장 박사는 3학년 5반 교실 근처에서 휴대폰을 살피는 척했다. 교실 밖을 나온 아이들은 장 박사는 안중에 없는 듯 지나쳤다. 그때 5반 교실 뒷문이 열리고 키 작은 학생이 튀어나왔다.

"내가 좋아하는 빵으로 사 와! 가져온 빵 중에 내가 원하는 게 없으면 넌 사 온 빵 개수만큼 죽빵이다!"

열린 문 사이로 무리 지은 아이들이 보였다. 그중 의자를 뒤로 쭉 빼 엉덩이 끝에 걸터앉은 학생이 주먹을 높이 들고 크게 소리쳤다. 삭발에 가까운 짧은 머리에 튀어나온 광대가 위협적으로 보이는 소년이었다. 인상이나 커다란 골격이 싸움깨나 할 것 같아 보였다. 저 친구가 이 반 짱인가.

빵 셔틀을 맡은 학생은 겁에 질린 표정으로 중앙 계단을 뛰어 내려갔다. 건물 밖에 있는 매점에 가는 것이겠지. 장 박사는 서둘러 키 작은 학생의 뒤를 따랐다. 매점에 먼저 도착한 학생은 허겁지겁 비닐봉지에 진열된 빵들을 쓸어 담았다. 어느새 봉지가 빵들로 가득 찼다. 학생은 불룩한 봉투 속을 뒤지며 빠트린 빵이 없는지 확인했다. 그 와중에 빵빵하게 배가 부른 봉투가 찢어져 빵들이 땅바닥으로 쏟아졌다. 장 박사가 보기에 키 작은 학생은 급박한 시간과 두려움에 머릿속이 백지가 돼 버린 것 같았다. 새로운 비닐봉지에 빵을 주워 담은 학생이 지갑을 열 때 장 박사가 나섰다.

"이걸로 계산하세요."

장 박사는 지갑에서 꺼낸 신용카드를 점원에게 건넸다. 학생은 그런 장 박사를 놀란 눈으로 쳐다봤다. 소년은 계산을 마치고 앞서가는 장 박사를 쭈뼛쭈뼛 따라나섰다.

"아저씨 누구세요?"

"일단 따라와."

장 박사는 인적이 드문 학교 건물 뒤편으로 소년을 데려갔다.

"이름이 뭐니?"

"누, 누구신데요?"

소년은 장 박사를 경계하며 물었다.

160cm 정도의 키에 바람이라도 불면 날아갈 정도로 왜소한 체격의 아이였다. 이마에 듬성듬성 난 여드름과 어눌한 말투가 어리숙해 보였다. 빵 봉지를 들고 있는 손등의 반창고들, 턱에 남아 있는 푸르스름한 멍 자국, 자신감 없는 위축된 어깨.

분명 좀 전에 봤던 껄렁한 아이들에게 매일 지독한 괴롭힘을 당하고 있을 것이다. 이런 아이들은 경계심은 심하지만 적절한 공포상황을 연출하면 원하는 대로 술술 이야기할 타입이다. 장 박사는 약간의 양념을 치기로 했다.

"난 동남경찰서에서 나온 형사야. 4개월 전 너희 반 친구가 옥상에서 추락사했지? 얼마 전 우리 쪽으로 익명의 제보가 들어왔어. 친구가 죽은 건 사고가 아닌 살인이라고 말이야."

"…!"

장 박사의 말에 소년은 진심으로 깜짝 놀란 듯했다. 저도 모르게 목젖이 꿀렁거리며 침을 삼키는 모습을 박사는 똑똑히 목격했다. 정말로 몰랐던 사실을 듣고 놀란 것인지 살인이라는 사실을 경찰이 안 것에 놀란 것인지 판단이 서지 않았다.

"이름이 뭐니?"

소년은 머뭇머뭇 대답했다.

"철우요."

"철우는 죽은 친구와 친했니?"

소년의 시선이 먼 산으로 향했다. 죽은 A군을 떠올리는 듯했다. 한참 만에 생각을 정리한 소년은 이야기를 시작했다.

"현석이는 초등학교 5학년 때 같은 반이 되면서 친해졌어요. 마음도 잘 맞고 LOL게임을 좋아해서 금방 친해졌죠. 그 뒤로 같은 중학교에 입학하고 나서도 줄곧 친하게 지냈어요. 3학년이 돼서 다시 같은 반이 됐을 땐 둘 다 뛸 듯이 기뻐했죠."

"그런 현석이가 억울하게 죽임을 당했다고 제보한 사람이 있어. 만약 그 말이 사실이라면 현석이를 죽게 만든 사람을 벌해야 한다고 생각하지 않니? 철우. 네가 그렇게 만들 수 있어. 네가 아는 걸 모두 이야기해 준다면 말야."

순간 철우의 눈빛에 분노와 망설임이 스쳤다. 망설임. 이 소년은 분명 뭔가 아는 게 있다. 꿈속에 비친 현석의 모습은 누가 봐도 학교폭력의 피해자였다. 처음부터 현석과 철우가 5반 학폭의 타깃이었는지는 모른다. 다만 현석이 죽고 이제 모든 학폭은 현석의 절친이던 철우가 짊어졌을 뿐.

"언제까지 점심시간에 밥도 못 먹고 빵 셔틀을 할 거니? 너도 현석이처럼 끔찍하게 죽을지도 몰라. 그땐 늦어. 죽은 자는 말이 없거든. 네 친구 현석이처럼 말야."

철우는 몸을 부르르 떨었다. 옥상에서 몸을 던진 자신을 상상했을까. 한동안 고민하던 철우가 어렵게 입을 뗐다.

"제, 제가 어떻게 하면 되죠?"

미간을 찌푸린 철우의 눈빛에 분노가 깃들었다.

"점심시간에 교실을 나간 현석이를 뒤따른 사람이 있었지? 그게 누구니?"

장 박사는 철우의 대답을 예상하고 물었다. 하지만 가장 중요한 사안인 만큼 확실하게 짚고 넘어가야 했다.

철우는 침을 꿀꺽 삼킨 뒤 어렵게 입을 뗐다.

"이…"

"그래. 계속해 봐."

"이, 이민상이요."

"이민상?!"

장 박사는 당황했다. 김이선이 아니었다. 이민상은 또 누구란 말인가. 예상 밖의 이름에 놀란 장 박사는 의구심이 들었다. 장 박사는 철우를 향해 다그치듯 말했다.

"정말이야? 형사 앞에서 거짓으로 위증하면 어떻게 되는지 알지? 너 감방 가고 싶어!"

철우는 장 박사의 말에 다급하게 말했다.

"정, 정말이에요. 이 빵을 사 오라고 시킨 것도 바로 그 새끼예요.

그 새끼는 학교에서 알아주는 깡패 새끼라고요. 3학년에 올라오자마자 민상이 새끼가 반에서 제일 키가 작은 저랑 그 다음으로 작은 현석이를 세워 놓고 싸움을 붙였어요."

철우는 그동안 감추고 있던 끔찍한 이야기를 시작했다.

"야! 니들 이리 와 봐. 그래그래. 내 앞으로. 이 새끼 걸어오는 거 봐라."

3학년 첫날. 자리를 배정하고 3교시를 마친 뒤였다. 쉬는 시간이 되자 맨 뒷자리에 앉아 있던 민상이 현석과 철우를 불러 세웠다.

"니들 둘이 사귄다며? 개극혐. 킥킥킥. 그래서 말인데 재미있는 게임 하나 해 볼까?"

현석과 철우는 기분 나쁘게 웃어 대는 민상의 눈치를 살폈다.

"이름하여 우정 파괴 게임. 큭큭. 이 게임에서 이기면 1년 동안 절대 안 건드리겠다고 약속하지. 어때 막 관심 가지 않아?"

철우와 현석은 눈치를 보며 아무 말도 하지 못했다.

"규칙은 간단해. 지금부터 니들이 한 번씩 서로의 싸대기를 때리는 거야. 싸대기를 맞았을 때 비명을 지르거나 소리를 내면 지는 거지. 그놈은 1년 동안 우리 셔틀로 일하면 돼. 어때. 간단하지? 엄청 재미있을 거 같지 않냐? 큭큭."

민상이 자신의 주변에 모여 있는 패거리들을 둘러보며 웃었다.

"오. 기똥찬대?", "역시 넌 천재야. 큭큭." 패거리들이 한마디씩 하자 민상은 기분이 좋은 듯 더욱 크게 웃어 젖혔다.

"오케이. 그럼 자. 시작!"

"짝." 민상이 손바닥을 맞부딪치며 게임이 시작됐다. 왁자지껄했던 교실이 그 순간 찬물을 끼얹은 듯 조용해졌다. 철우와 현석은 불안한 얼굴로 서로를 힐끔힐끔 쳐다만 봤다. 특히 철우는 불안감에 어쩔 줄을 몰라했다.

"야! 시작이라고…. 찐따들아. 당장 시작 안 해?!"

서슬 퍼런 민상의 협박에 철우가 눈을 꼭 감고 오른손을 들었다.

"현석아! 미안해…."

먼저 친구의 뺨을 때린 철우는 눈을 감은 채 몸을 떨었다. 자신의 뺨에 가해질 충격을 기다렸지만 어째서인지 아무 일도 벌어지지 않았다. 대신 생각지도 못한 대답이 들렸다.

"난 못해."

친구의 말에 철우는 감았던 눈을 번쩍 떴다. 그리고 뒤이어 현석은 민상이 날린 발차기에 철우의 뒤로 나가떨어졌다.

"미친놈. 가오 잡고 있네. 오냐. 넌 오늘 뒤져 봐라."

자신의 뜻대로 되지 않자 민상은 자존심이 상한 듯 보였다. 민상은 씩씩거리며 미친 듯이 쓰러진 현석을 밟아 댔다. 반 아이들 앞에서 자신의 말을 대놓고 거부한 현석에게 화가 단단히 난 것이다. 수업종이 울리고 선생님이 교실에 들어왔지만 민상의 무차별 폭행은 그치지 않았다. 결국 반 아이들과 선생님이 흥분한 민상을 뜯어

말리고서야 겨우 그칠 수 있었다. 아수라장 속에서 잔뜩 겁에 질린 철우는 발이 떨어지지 않았다. 그저 두 눈을 꼭 감고 꼿꼿이 서 있는 게 최선이었다.

민상은 일주일의 정학을 처분받았다. 일주일이 지나 민상이 다시 학교에 나온 날, 현석의 지옥 같은 학교생활이 시작됐다.

이야기를 마친 철우의 눈에 눈물이 고였다.

"현석이는 저를 위해 고난을 택했어요. 민상이 그 새끼 정말 지독한 악마예요."

철우의 눈에서 흐른 눈물이 두 볼을 타고 내렸다.

"현석이가 죽던 날은 무슨 일이 있었던 거니?"

"현석이가 죽던 날은 일주일에 한 번 있는 수금 날이었어요. 매주 10만 원씩 민상이한테 갖다 바쳐야 했거든요. 처음엔 집에다 학원비, 문제집비 같은 핑계를 대고 돈을 받아 냈나 봐요. 근데 그런 핑곗거리를 계속 써먹을 순 없었겠죠. 결국 그날은 돈을 가져오지 못했어요. 민상이는 다짜고짜 길길이 날뛰었어요. 또 얻어맞을 걸 두려워한 현석이는 교실을 뛰쳐나갔어요. 민상이는 도망가는 현석이를 잡으려고 뒤쫓았고요."

장 박사는 철우의 말에 적잖이 놀랐다. 학교폭력이 심각하다는 말은 매스컴을 통해 들었지만 이렇게 엉망일 줄은 생각지도 못했다. 실로 충격적이었다.

"그런데 왜 4개월 전 경찰 조사에서는 진실을 말하지 않았지?"

"아니요. 전 다 이야기했어요. 그런데도 자살로 결론지은 건 경찰이잖아요. 형사님은 왜 모르세요?"

"아. 그건 알고 있어. 다만 타살이라는 제보가 나온 만큼 차근차근 조사하는 중이다."

철우는 납득한 듯 고개를 끄덕였다. 장 박사는 안도했다. 하마터면 들킬 뻔했다. 섣불리 넘겨짚다니 경솔했다. 그나저나 철우의 말로 의문은 더욱 짙어졌다. 경찰 조사는 그렇다 쳐도 이선은 이 사건과 대체 무슨 관계인 건가.

"김이선 학생도 같은 반이지?"

"이선이요? 네. 같은 반이에요."

"이선이는 어떤 아이지?"

"형사님도 반 애들을 조사하셔서 아시겠지만 이선이 아빠가 국회의원이에요. 그래서 선생님들도 이선이 눈치를 볼 정도죠. 애들도 마찬가지예요. 민상이나 그 패거리들도 이선이는 건드리지 않아요. 들리는 소문으로는 이선이 자기를 건드리지 않는 조건으로 정기적으로 민상이한테 돈을 준다는 소문도 있던데… 전 잘 모르겠어요."

"현석이가 죽던 날. 이선은 교실 밖으로 나가지 않았니?"

"네. 그날 도망치는 현석일 뒤쫓은 건 민상이뿐이었어요."

"이선과 현석이는 사이가 어땠어?"

"어릴 때 친했었다는 얘길 현석이가 했던 것 같아요. 중학교에 들어오고 나서는 소원해졌다고 하던데…. 이선이는 다른 아이들과 어

울리지 않고 혼자 조용히 있는 아이라 잘 모르겠어요."

이선과 죽은 현석의 접점이 없다고? 장 박사는 혼란스러웠다. 이선이 사건과 관련이 없는 것을 안 이상 더 이상 사건을 파헤치는 건 불필요한 일이었다.

"그래. 고맙다. 보강 수사를 해서 민상이를 꼭 체포하마. 그때까지 내 얘기는 다른 사람한테 절대 하면 안 돼."

장 박사는 검지손가락을 입술에 세워 붙였다.

"비밀 수사니까 말이야. 알겠지? 이제 가 봐."

철우는 꾸벅 인사를 하고 빵 봉지를 들고 교실로 뛰어갔다. 불쌍한 소년에게 헛된 희망을 불어넣은 건가. 멀어져 가는 소년의 뒷모습이 안타까웠지만 어쩔 방법이 없었다.

"잘 버텨라 꼬맹아."

장 박사는 드림센터로 발길을 서둘렀다.

**

"딱… 딱… 딱… 딱."

볼펜을 튕기며 장의자에 몸을 기댄 장 박사는 깊이 생각에 잠겼다. 이선의 꿈과 철우의 이야기를 토대로 생각을 정리해 나갔다. 이선의 꿈은 대체적으로 현실과 맞아떨어졌다. 그러나 경찰은 현석의 죽음을 추락사로 결론지었다. 잠깐만, 그렇다면 민상과 현석이 함께 옥상에 있었던 건 사실일까. 민상은 현석의 죽음에 직접적인 연관이 없는 것 아닐까. 학폭에 시달리던 현석이 괴로움을 못 이겨 스스로 옥상에서 몸을 던졌을지도 모르는 일이다. 학교야 학폭 사실 자체를 인정하려 들지 않을 테니 경찰도 어쩔 수 없이 추락사로 결론지었을지도 모른다. 그렇다면 이선의 꿈에서 그려지는 사실적인 옥상 정경과 죽은 현석의 시신이 구체적인 이유는 뭘까? 이선이 과거 옥상에 올라간 적이 있었고, 추락한 현석의 시신을 직접 목격했기 때문이 아닐까.

이제 가장 중요한 문제가 남았다. 이선이 지독한 악몽에 시달리는 이유는? 지금은 소원해졌지만 이선과 현석은 친구사이였다. 현석이 죽던 날. 아니, 그전에라도 이선 자신이 손을 내밀었다면 현석은 죽지 않았을지도 모른다는 후회와 자책 때문일까. 아니면 군림자 민상에게 갖고 있던 두려움과 공포가 꿈속에서 현석의 죽음으로 발현된 것인지도 몰랐다.

생각을 정리하니 현석에 대한 죄책감과 민상에 대한 두려움이 복합적으로 작용한 것이 가장 합리적인 결론이었다. 어찌됐든 다행이었다. 이선을 가해자로 생각하고 김 의원에게 접근할 뻔했으니까. 실제로 학교에 찾아가 조사하길 다행이라는 생각이 들었다. 악몽의 원인을 분석했으니 이제 치료만 남았다. 이선이 다시 학교에 갈 수 있다면 김 의원은 장 박사의 든든한 스폰서가 되어 줄 것이다.

"딱… 딱… 딱… 딱."

이제 남은 문제는 이선이 다시 병원을 찾아오게 만드는 일이었다.

"딱!"

장 박사는 휴대폰을 꺼내 이선에게 문자 한 통을 보냈다.

*
*

"정말 잘 왔어요."

문자를 보낸 바로 다음 날, 장 박사의 예상대로 이선이 직접 병원을 찾아왔다.

"정말 선생님께 치료받으면 더 이상 악몽을 꾸지 않을 수 있는 거죠?"

계속된 악몽 때문이었을까. 이선의 낯빛은 말이 아니었다. 퀭한 눈동자와 짙은 다크서클이 오래도록 잠을 이루지 못한 듯 보였다. 겉으론 강한 척하지만 죄책감에 짓눌려 불면증에 시달리는 여린 아이였다.

그저 김 의원의 눈에 들기 위해 시작한 일이었다. 하지만 지금 이 순간, 박사는 눈앞의 이선을 보며 자신의 생각이 조금씩 바뀌고 있음을 깨달았다.

"절 믿어 보세요. 다시 학교에 갈 수 있도록 해 줄게요."

"알겠습니다. 집에는 학원을 알아본다고 하고 나왔어요. 집에만 있다가 나온다니까 엄마도 흔쾌히 허락하더라고요. 오래 못 있으니까 지금 바로 시작해요."

자신감 넘치는 말에 이선은 장 박사를 전적으로 의지하기로 한 듯 보였다. 간호사의 안내에 따라 이선은 상담실을 나와 수면 검사실로 향했다. 복잡하게 전선이 달린 드림 공명헬멧을 쓰고 수면 유도제를 복용한 이선은 이내 검사실 침대에 누워 깊은 잠에 빠져들었다. 침대 옆 뇌파 스코프에는 이선의 뇌파 파형이 활발하게 널뛰었다. 간호사가 장 박사에게 말했다.

"이선 환자 렘수면에 돌입했습니다."

장 박사는 잠든 이선을 물끄러미 바라봤다. 또다시 악몽에 시달리는지 잠든 이선이 끙끙거리며 몸을 뒤척였다.

"김 간호사, 이선 군과 내 뇌파 싱크가 동기화되는 대로 바로 다이브 버튼을 눌러 주게."

"네 선생님. 조심히 다녀오세요."

드림 다이렉트 다이브는 꿈 치료에 있어 최후의 보루였다. 의사가 환자의 꿈에 들어가 직접 무의식의 트라우마를 치료하는 방법은 빠르고 효과적이지만 자칫 의사의 의식이 환자의 꿈에 과도하게 매몰되면 의사는 영원히 환자의 꿈속에 갇혀 버리는 치명적 리스크가 있었다.

장 박사는 위험부담을 감수하기로 마음먹었다. 이선은 투자가치가 있는 환자였다. 단시간 내에 최대의 효과를 보여 준다면 김 의원의 마음은 분명 돌아설 것이다. 하지만 단지 그것만으로 이선의 꿈에 다이브하려는 것은 아니었다.

돕고 싶다. 폭력에 짓눌려 겁먹은 소년을 돕고 싶다는 마음이 자본주의에 찌든 박사의 마음을 움직였다. 장 박사는 이선과 마찬가지로 공명헬멧을 쓰고 이선의 침대 옆에 누웠다. 뇌파 스코프를 보던 간호사가 양쪽에 놓인 파형이 일치하자 기기의 버튼을 눌렀다. 그 순간 나란히 누운 박사는 이선의 꿈을 꾸기 시작했다.

"헉. 헉. 헉."

거친 숨소리가 어두컴컴한 계단을 가득 채웠다. 현석은 끝없이 이어질 것만 같은 층계를 정신없이 올라갔다. 박사는 이선의 꿈과 공명해 이선의 꿈속을 생생하게 지켜봤다.

"따라오지 마! 제발 그만해. 따라오지 말라고!"

숨이 턱에 찬 현석이 뒤쪽을 향해 거칠게 외쳤다. 현석의 뒤를 따라오는 검은 그림자가 시시각각 현석과의 거리를 좁혔다.

"그만…. 이제 제발 그만! 흑."

눈물을 흘리며 외쳐 댔지만 민상은 조만간 현석을 따라잡을 것 같았다. 마침내 현석은 막다른 계단 끝에 다다랐다. 높다란 철문이 현석을 가로막았다. 현석은 지체 없이 철문을 열어젖혔다. 장 박사는 갑자기 쏟아진 빛에 잠시 눈이 보이지 않았다. 눈이 빛에 익숙해지자 옥상 끝에서 대치 중인 현석과 민상이 보였다.

"그, 그만해. 이젠 정말로 갖다줄 돈이 없어. 부모님도 의심하기 시작했단 말이야."

현석과의 거리를 좁히던 민상이 말했다.

"그건 내 알 바 아니잖아. 수금 날짜를 지키지 못했으니 약속대로 대가를 치러야지. 안 그래? 킬킬킬."

기괴하게 웃던 민상이 바지 주머니에서 제도용 커터칼을 꺼냈다.

'드르르륵.'

민상이 칼날을 길게 뺀 커터칼을 현석에게 들이대며 말했다.

"약속대로 이마에 바보라고 새겨 줄게. 조금만 참아. 금방 끝내줄 테니. 큭큭."

"그만해. 제발. 흑흑."

뒷걸음질 치던 현석이 난간 끝에서 멈춰 섰다. 애절하게 흐느끼는 현석을 보자 마음이 쓰라렸다. 이제 민상이 한 발자국을 내딛는 동시에 현석은 옥상 아래로 추락할 것이다. 그렇게 되면 이제껏 반복되던 악몽과 마찬가지다. 악몽을 멈추려면 바로 지금 조치를 취해야 했다.

장 박사와 이선의 꿈은 연동되어 있었다. 즉 박사는 이선의 꿈에 개입할 수 있다는 말이다.

"죽고 싶지 않으면 가만히 있어. 어?!"

민상이 날카롭게 외치며 현석에게 달려들 때였다. 현석이 다가오는 민상을 피해 눈을 감으려는 찰나, 현석을 삼킬 듯 달려들던 민상이 누군가의 발에 걸려 옆으로 굴러 넘어졌다. 동시에 중심을 잃고 난간 밖으로 넘어가던 현석의 손목을 재빨리 붙잡은 이가 있었다. 그건 다름아닌 이선이었다. 아니, 이선의 모습으로 나타난 장 박사였다. 이선의 시선에서 진행되는 꿈이지만 이선 본인이 꿈속에 나오지 않기에 가능한 일이었다. 장 박사는 이미 다이브하기 전부터 이선의 치료 방법을 생각하고 있었다. 이제부터 이선의 꿈은 장 박사 각본, 장 박사 연출의 무대나 다름없었다. 생과 사의 기로에서 살아 돌아온 현석이 놀라움과 고마움이 뒤섞인 얼굴로 이선을 올려봤다.

"고, 고마워. 구해 줘서."

이선은 한쪽 입꼬리를 올려 씨익 웃은 뒤, 하늘을 향해 팔을 뻗고 손가락으로 신호를 보냈다.

검사실에서 이선의 꿈을 지켜보던 간호사가 신호에 맞춰 종료 버튼을 눌렀다. 순간 이선과의 연결이 끊어지고 장 박사는 이선의 꿈속에서 무사히 빠져나왔다.

"수고하셨어요. 박사님."

"어. 김 간도 수고했어요."

침대에서 일어나 공명헬멧을 벗은 장 박사는 아직 잠들어 있는 이선을 흘낏 봤다. 곤히 잠든 이선의 얼굴에 희미한 미소가 떠올라 었다.

"성공적이군."

장 박사 역시 만면에 만족스러운 미소가 떠올랐다.

이선은 그 뒤로도 4일을 내리 찾아와 수면 치료를 받았다. 치료가 시작된 이후 악몽의 횟수는 눈에 띄게 줄어들었다. 더불어 이선의 낯빛도 하루가 다르게 밝아졌다. 표정에는 활기가 넘쳤으며 곧잘 쾌활한 웃음도 지었다.

어느덧 마지막 치료가 다가왔다. 여느 때와 마찬가지로 핸드폰을 주무르던 이선은 수면 유도제를 먹고 잠에 빠져들었다. 모니터로 이선의 꿈을 실시간 모니터링하던 장 박사는 평범한 학교생활을 그리는 이선의 꿈을 보고 크게 만족했다. 더 이상 등교 거부는 없으리라. 성공적인 치료를 자신했다. 그동안의 꿈 영상을 USB에 담아 김 의원에게 보내면 분명 김 의원은 자신의 공을 알아줄 것이라 생각했다.

"이제 치료는 끝났어요. 이선 군은 트라우마를 모두 극복했습니다. 더 이상 망설이지 마세요. 학교에 가도 됩니다. 수고하셨어요."

장 박사는 이선에게 손을 내밀고 악수를 청했다. 이선은 그런 장 박사의 손을 힘주어 잡았다.

"박사님 정말 감사합니다. 모두 박사님 덕분이에요. 제가 부모님께 잘 말씀드려서 부모님 모시고 감사 인사 드리러 찾아오겠습니다."

밝게 인사하는 이선을 보면서 장 박사는 내심 뿌듯했다. 그래. 하루라도 빨리 모시고 와라. 기다리고 있으마. 장 박사는 돌아가는 이선을 보며 그날이 빨리 오기를 고대했다. 이선을 마지막으로 병원 마감 시간이 다가왔다. 노크 소리에 이어 간호사가 얼굴을 내밀었다.

"박사님."

"네."

김 간호사가 상담실 문을 열고 들어와 책상 위로 휴대폰을 놓았다.

"수면 검사실에 이게 떨어져 있어서요."

보라색 컬러의 최신형 휴대폰이었다. 검사 전 보라색 휴대폰을 만지작거리던 이선이 떠올랐다. 아마 흘리고 간 것이리라.

"아. 이선 환자가 놓고 갔나 봐요. 두세요. 제가 전해 줄게요."

"네 박사님."

"이제 김 간은 정리하고 들어가 봐요. 오늘 수고했어요."

"네. 그럼 먼저 들어가 보겠습니다. 내일 봬요. 박사님."

활기 넘치는 목소리의 김 간호사는 이른 퇴근에 서둘러 상담실을 빠져나갔다. 장 박사는 병원에 남아 김 의원에게 전달할 영상들을 USB에 담고 있었다.

"지잉. 지잉…. 지잉."

문득 책상을 울리는 진동 소리에 장 박사의 시선이 그쪽으로 향했다. 이선이 놓고 간 휴대폰에서 간헐적으로 진동이 울리고 있었다. 장 박사는 무시하고 하던 일을 마치려 했지만 연신 울려 대는 진동 소리가 거슬려 휴대폰을 잡아 들었다. 전원을 끄기 위해 전원

버튼을 찾던 장 박사는 화면에 떠오른 카톡 메시지에 그대로 시선이 멈췄다.

– 근육바보 : 대장. 학교는 언제 나올 거야?

휴대폰은 잠겨 있었지만 카톡 메시지는 잠긴 상태에서도 확인할 수 있도록 설정돼 있었다.

"대장?"

카톡 메시지는 계속 이어졌다.

– 근육바보 : 문제가 생겼어. 학교에 이상한 소문이 퍼졌다고. ㅠ_ㅠ

– 근육바보 : 현석이 말이야. 경찰이 냄새를 맡고 비밀리에 조사 중이라는데.

– 근육바보 : 이번에도 대장이 막아 줄 거지? 돈 뜯으라고 시킨 건 대장이잖아.

– 근육바보 : 난 대장이 시킨 대로 한 죄밖에 없는 거 알지?

– 근육바보 : 만약 내가 잘못되면 나도 혼자 당할 수는 없어.

– 근육바보 : 빨리 와서 생각 좀 해 봐. 대장이 브레인 아냐.

– 근육바보 : 뭐 해? 자나?

휴대폰에 떠오른 메시지를 본 장 박사는 가슴이 두근거렸다. 겨

드랑이 사이로 축축하게 식은땀이 배어났다. 불길한 예감이 엄습했다. 순간 장 박사의 뇌리를 스치는 것이 있었다. 장 박사는 급히 PC 마우스를 움직여 수면 검사실에 녹화된 CCTV 영상을 검색했다. 모니터 영상 속에는 조금 전 침대에 누워 있던 이선의 모습이 느리게 재생됐다. 영상을 지켜보던 장 박사는 재생 배속을 늦추고 화면을 확대했다.

화면 속 이선은 손가락을 놀려 휴대폰 액정 위로 잠금 해제 패턴을 그려 나갔다. 빨려들 듯 영상을 지켜본 장 박사가 휴대폰을 들고 잠금 해제 패턴을 따라 그렸다. 손가락이 떨려 번번이 실패했지만 4번째 시도 만에 휴대폰 잠금을 해제했다. 장 박사는 곧바로 사진첩 앱을 터치했다. 수많은 사진들이 분할된 사각 액자에 썸네일로 떠올랐다. 장 박사는 5월자 사진을 찾기 위해 미친 듯이 스크롤을 내렸다.

5월 6일. 마침내 5월 6일자에 다운 받은 동영상 파일을 찾아냈다. 장 박사는 심호흡을 했다. 그리고 떨리는 손가락으로 동영상을 터치했다. 휴대폰 화면에 가로로 꽉 찬 동영상이 재생되기 시작했다.

"하…. 이런 젠장."

기가 막혔다. 가로 화면으로 이선의 꿈속 영상이 그대로 재생됐다. 장 박사는 서둘러 모니터에 저장된 이선의 악몽을 띄웠다. 장 박사는 모니터에 시선을 고정한 채 악몽 영상을 연달아 띄웠다 내렸다. 그리고 깨달았다. 악몽의 영상에서 추락한 현석이 되살아나기 직전까지 모니터 측면을 둘러싼 검정 사각 테두리의 정체를. 그동안 PC 모니터의 배젤인줄 알았던 사각 테두리가 이선의 휴대폰 배젤이었던 것이다.

이선이 꾸었던 악몽은 민상이 휴대폰으로 찍은 동영상의 재생 부분이었다. 민상은 현석을 뒤쫓는 모습을 자신의 휴대폰으로 찍은 뒤 이선에게 전달했던 것이다. 아마 민상은 전혀 예상치 못한 현석의 죽음에 대한 책임을 이선에게 전가하려는 의도였으리라. 결국 이선의 악몽은 현석의 죽음이 발각될지 모를 두려움에서 기인한 악몽이었단 말인가. 온몸에 힘이 빠지고 허탈감이 밀려왔다. 그리고 자신이 벌인 일에 대한 파급효과에 생각이 미치자 공포감이 밀려왔다. 그때 상담실 문이 벌컥 열리고 이선이 들어왔다.

"계속 노크를 했는데 대답이 없으셔서…"

갑작스러운 이선의 등장에 장 박사는 깜짝 놀라 고개를 들었다. 죄송한 듯 머리를 긁적이며 미소 짓는 이선과 장 박사의 눈이 마주쳤다. 이선은 장 박사와 마주보던 시선을 내려 장박사가 손에 들고 있는 자신의 휴대폰을 응시했다.

- 그만…. 이제 제발 그만! 흑.

때마침 재생되고 있던 동영상에서 현석의 절규가 장 박사와 이선 사이에 울려 퍼졌다.

이선의 입은 여전히 웃고 있었으나 눈빛은 얼음처럼 차갑게 변했다.

"아. 제 핸드폰 보고 계셨구나."

이선이 책상으로 다가와 오른손을 내밀었다. 장 박사는 조용히 이선이 내민 오른손에 휴대폰을 올렸다. 이선은 휴대폰의 동영상을 정지하고 주머니에 집어넣었다.

"내가 무슨 짓을 저지른 거지."

장 박사가 눈을 내리깔고 낮은 목소리로 읊조렸다.

"선생님. 전 선생님 덕분에 새로 태어난 것 같아요. 뭐랄까 자신감이 넘친달까요? 지금 이 기분이라면 정말로 뭐든지 할 수 있을 것 같아요. 하하하!"

웃음을 터트린 이선이 상담실을 나간 뒤에도 장 박사는 한동안 의자에 꼼짝 않고 굳어 있었다.

"내가… 내가 악마를 만들어 버렸어…"

장 박사는 타인을 조종하여 사람을 죽인 소년에게 남아 있던 죄책감을 싸그리 없애 버렸다. 온 힘을 들여 죄책감이 결여된 싸이코패스를 만들어 내고 만 것이다. 이제 겨우 중학교 3학년, 이대로 성인이 된다면 어떤 끔찍한 일들을 벌이게 될까. 도저히 상상할 수가 없었다.

장 박사는 밀려드는 걱정과 비탄의 감정에 몸서리쳤다. 하지만 너무 늦었다. 그것은 때늦은 후회에 불과했다.

홍정기

이제껏 청소년을 대상으로 글을 써 본 적이 없었는데, 학교괴담 앤솔러지에 참여할 수 있어 처음 글을 쓰는 것처럼 설렜습니다. 등골이 서늘해지는 공포물을 써 보고자 했지만 결과물은 괴담과 SF, 미스터리가 결합된 섞어찌개가 되었네요. 장르소설의 다양한 재미를 느끼실 수 있는 작품이지 않을까란 생각을 해 봅니다. 이야기의 중심이 되는 타인의 꿈을 기록하는 설정은 다분히 SF적 요소로 보이지만, 현실에서도 작품에서와 마찬가지로 뇌파를 통해 꿈을 이미지로 구현해 내는 연구가 활발히 진행 중이랍니다. 조만간 꿈을 영상으로 확인할 수 있는 날이 머지않았다고 하네요.(유튜브에 '올 뉴 휴먼'을 검색하시면 관련 내용을 보실 수 있습니다.) 제 「홀리는 옥상」은 작품으로만 즐겨 주시고, 여러분들은 왕따, 폭력 없는 건강한 학교생활 보내시길 바랍니다. 감사합니다.